HOJAS
DE
HIERBA

ALMA CLÁSICOS ILUSTRADOS

Walt Whitman

HOJAS
DE
HIERBA

Traducción de **Manuel Villar Raso**

Ilustraciones de **Adolfo Serra**

Edición revisada y actualizada

Título original: *Leaves of Grass*

© de esta edición:
Editorial Alma
Anders Producciones S.L., 2019
www.editorialalma.com

@almaeditorial
@Almaeditorial

© de la selección y la traducción: Manuel Villar Raso
La presente edición se ha publicado con la autorización de Alianza Editorial, S. A.

© de la traducción de «¡Oh capitán! ¡Mi capitán!»: Blanca Pujals

© Ilustraciones: Adolfo Serra

Diseño de la colección: lookatcia.com
Diseño de cubierta: lookatcia.com
Maquetación y revisión: LocTeam, S.L.

ISBN: 978-84-17430-85-6
Depósito legal: B17852-2019

Impreso en España
Printed in Spain

Este libro contiene papel de color natural de alta calidad que no amarillea (deterioro por oxidación) con el paso del tiempo y proviene de bosques gestionados de manera sostenible.

Índice

Prólogo

Walt Whitman fue, con toda probabilidad, el primer poeta *pop* de quien se tiene constancia, el primer rapsoda del pueblo y para el pueblo, el gurú, el maestro que quiso ser un Sócrates moderno para la primera gran generación de literatos estadounidenses y lo consiguió. Si hiciéramos un ejercicio de retrofuturismo, no nos costaría nada imaginar un siglo XIX alternativo en el que los jóvenes estadounidenses llevarían estampados los daguerrotipos de Walt Whitman en sus camisetas, del mismo modo que hoy en día llevarían imágenes del Che Guevara. Habría que esperar casi un siglo para encontrar otro poeta tan popular, el Allen Ginsberg de *Aullido*.

El fenómeno fan que generó *Hojas de hierba* en su momento podría ser comparable, salvando las distancias, a los de compositores *working class* como Woody Guthrie, Pete Seeger o Bruce Springsteen, que actuaban, al igual que Whitman, como portavoces de la conciencia americana, como representantes del americano medio. En un país joven como los Estados Unidos de 1854, en el que la conciencia nacional aún se hallaba en fase de formación y se estaba gestando una guerra civil, la proclama demócrata del poeta insobornable que compone (y hace lecturas públicas) por el pueblo y para el pueblo, al que se debe, es un giro radical que cambia para siempre la manera de hacer poesía, no sólo en Estados Unidos sino también en todo el orbe. Whitman habla de homosexualidad y agnosticismo, de igualdad y democracia:

creciendo por igual entre los negros y los blancos,
canadiense, virginiano, congresista y negro, que a todos
me entrego y los acepto por igual.

Estos versos nos hablan de un artista universal, transversal, que adopta la imagen de la hierba que da título a su poemario para simbolizar aquello que nos es común, aquello que todos pisamos y, al hacerlo, nos conecta a los unos con los otros. Whitman rompe para siempre con la imagen del poeta aislado en su torre de marfil y una métrica definida. Es uno de los nuestros.

A partir de Whitman, predominarán la sonoridad y el ritmo por encima del metro exacto, como las olas que nunca rompen igual ni en el mismo sitio. El lenguaje poético de Whitman es nuevo, pero además abunda en préstamos lingüísticos del francés, el español, el italiano o las culturas nativas americanas. En cuanto a las temáticas, al mismo tiempo que urde su poemario de un misticismo y una fuerza evocadora comparables a los de William Blake pero no centrados en Dios sino en el individuo, está reivindicando la naturaleza salvaje de su país como lo haría Ralph Waldo Emerson. Whitman va más allá que ellos e introduce en sus poemas un vocabulario y unas temáticas urbanas absolutamente rompedoras para su época:

[Las verdades] no precisan el fórceps obstétrico del cirujano,

Una línea así habría sido impensable en un poemario de un Keats, de un Longfellow, de un Baudelaire incluso. Whitman está pisando terreno virgen, con los pies y el corazón descalzos, y nos habla ya de los ritmos y las preocupaciones del lector urbano de clase media, ese sector de la población aún emergente pero consolidado en el Brooklyn en el que residía en el momento de componer *Hojas de hierba,* en el mismo Brooklyn que un siglo después sería uno de los lugares de referencia de la otra gran ruptura en la poesía estadounidense, la del movimiento *beat* de Ginsberg o Ferlinghetti, el mismo Brooklyn que hoy en día es la meca de los hípsteres del mundo entero. Whitman nos está ofreciendo su verso más conocido y citado:

Soy grande... contengo multitudes.

Y lo hace desde la absoluta certeza de que está apelando a todos y cada uno de sus lectores. Más de siglo y medio después de la publicación del «Canto a mí mismo» que constituye la cima de *Hojas de hierba,* de la poesía de Whitman y tal vez de toda la lírica estadounidense, queda claro que Walt Whitman ES el libro que ha escrito, pues habla de sí mismo sin el menor empacho en reconocer que está urdiendo uno de los *egotrips* más extremos jamás concebidos, en el que lleva el subjetivismo hasta el extremo de descubrir el yo, el ello y el superyó cuarenta años antes de que lo hiciera Sigmund Freud, pero al mismo tiempo sabe tocar la fibra de todos y cada uno de sus lectores, anónimos o renombrados, desde el último aprendiz de tipógrafo de las redacciones en las que Whitman trabajó hasta las celebridades que lo visitaban, que le rendían pleitesía casi, como Ralph Waldo Emerson, Louisa May Alcott o Henry Thoreau.

Whitman, admirado en vida y mitificado en muerte, fuente de inspiración de poetas como Federico García Lorca (quien le dedica algunas de las páginas más perdurables de su *Poeta en Nueva York*) o Pablo Neruda (cuyo *Canto general* tiene ecos innegables del «Canto a mí mismo»), escribe en una época en la que la literatura estadounidense, una vez muerto y enterrado Edgar Allan Poe, empieza a producir una primera generación deslumbrante. En apenas cinco años, aparecen *Moby Dick,* de Herman Melville; *La letra escarlata,* de Nathaniel Hawthorne; *Walden,* de Henry David Thoreau, y la primera de las nueve ediciones que tuvo *Hojas de hierba,* de Walt Whitman (la última y definitiva, de 1891). Las dos primeras obras citadas son, junto con *Huckleberry Finn* de Mark Twain, *Las uvas de la ira* de John Steinbeck o *El gran Gatsby* de Scott Fitzgerald, las candidatas más evidentes a ser la Gran Novela Americana, ese concepto que obsesiona a los autores estadounidenses desde los tiempos de Melville hasta los más recientes Roth, Franzen o Wallace. Pero, a la vista de sus méritos, de su popularidad, de su legado, de su trascendencia, de su intencionalidad incluso, ¿no sería más lícito reconocer que, a todos los efectos, la auténtica Gran Novela Americana, aquélla de la que han bebido y en la que se han visto retratados los lectores estadounidenses desde 1854, es precisamente esta *Hojas de hierba*?

EL EDITOR

De Riachuelos de otoño

Érase un niño que se lanzaba a la aventura

É rase un niño que se lanzaba a la aventura todos los días,
y en el primer objeto que miraba y aceptaba con asombro, piedad,
amor o temor, en ese objeto se convertía,
y ese objeto se volvía parte de él durante el día o una parte del día...
o durante muchos años o largos ciclos de años.

Las primeras lilas se volvían parte de este niño,
y la hierba y el dondiego de día, blanco y rojo, y el trébol, blanco y rojo,
y el canto del fibí,
y los corderos nacidos en marzo y los lechones sonrosados de la marrana,
y el potro de la yegua y el ternero de la vaca y la pollada ruidosa en el
corral o junto al fango del estanque, y los peces que se suspenden tan
curiosamente allá abajo, y el hermoso y curioso líquido, y las plantas
acuáticas con sus cabezas gráciles y planas... todo se volvía
parte suya.

Y los brotes de abril y de mayo se volvían parte suya... los retoños del
grano en invierno, los del maíz amarillento y las raíces comestibles
del huerto,
y los manzanos floridos y el fruto después... y las bayas... y las hierbas más
vulgares de los caminos,
y el viejo borracho que se tambalea hacia casa desde el retrete exterior
de la taberna, de donde acababa de levantarse,
y la maestra que pasaba de camino a la escuela... y los afectuosos
muchachos que pasaban... y los pendencieros... y las cuidadas
muchachas de mejillas frescas... y el muchacho y la muchacha negros
con pies descalzos,
y todos los cambios de la ciudad y del campo adondequiera que iba.

Sus mismos padres, el que había impulsado la sustancia paterna durante
    la noche y lo había engendrado, y la que lo concibió en su útero y le dio
    a luz... ellos dieron a este niño más que eso,
le dieron después cada uno de sus días... se volvieron parte suya.

La madre en casa poniendo plácidamente los platos en la mesa para
    la cena,
la madre de palabras dulces... el gorro y el camisón limpios... su persona
    y ropas exhalando un olor sano cuando pasa;
el padre fuerte, seguro, viril, mezquino, colérico, injusto,
el bofetón, la palabra rápida y violenta, el pacto estricto, la persuasión
    astuta,
el trato familiar, el lenguaje, la compañía, los muebles... el corazón
    anhelante y henchido,
el afecto que no será denegado... la sensación de lo que es real... la idea
    de si en definitiva todo será irreal,
las dudas diurnas y las dudas nocturnas... el «si» y el «cómo» extraños,
si lo que parece ser así es así... o si no son más que destellos y manchas,
hombres y mujeres apretujándose en las calles... si no son destellos y
    manchas, ¿qué son?
Las calles mismas y las fachadas de las casas... las mercancías en los
    escaparates,
vehículos, caballos de tiro, embarcaderos de tablones, y el enorme tránsito
    en los ferris;
el pueblo en la colina visto de lejos al ocaso... el río entre ambos,
sombras, aureola y bruma, luz cayendo en los tejados y aguilones blancos
    o pardos..., a tres millas de distancia, la goleta cercana cabeceando
    soñolienta con la marea, el pequeño bote remolcado a popa con el
    cabo flojo,
las olas que corren y voltean y las crestas que al chocar se rompen
    con rapidez;
los estratos de nubes multicolores... la larga franja de tinte castaño
    solitaria... la extensión de pureza en la que flota inmóvil,

el filo del horizonte, el cuervo marino en vuelo, la fragancia de la marisma
   y el cieno de la playa,
todas estas cosas se volvieron parte de aquel niño que se lanzaba a la
   aventura todos los días y que se lanza ahora y se lanzará a la aventura
   cada día,
y todas estas cosas se vuelven parte de aquél o de aquélla que ahora las
   lee atentamente.

Canto
a mí mismo

Canto a mí mismo[*]

I

Me celebro a mí mismo,
y cuanto asumo tú lo asumirás,
porque cada átomo que me pertenece, te pertenece también a ti.

Holgazaneo e invito a mi alma,
me tumbo y holgazaneo a mi antojo... mientras observo una brizna de
    hierba veraniega.

II

Las casas y las habitaciones están llenas de perfumes... los anaqueles
están cargados de perfumes,
respiro yo mismo la fragancia, la reconozco y me gusta,
la destilación también me embriagaría, pero no he de permitirlo.

La atmósfera no es un perfume... no tiene el sabor de la destilación...
    es inodora,
está hecha desde siempre para mi boca... estoy enamorado de ella,
me iré a la orilla del bosque, me quitaré el disfraz y quedaré desnudo,
me enloquece el deseo de estar en contacto con ella.

El vaho de mi propio aliento,
ecos, ondulaciones, susurros zumbantes... raíz de amaranto, hilo de seda,
    horquilla y vid,
mi respiración e inspiración... el latido de mi corazón... el paso de la
    sangre y del aire por mis pulmones,

---

[*]   Sin título en la versión de 1855; «Poema de Walt Whitman, un americano», en la versión de 1856;
    «Walt Whitman» en la de 1860; título definitivo en la de 1881.

el olor de las hojas verdes y de las hojas secas, de la playa y de las oscuras
  rocas marinas, del heno en el granero,
el sonido de las palabras eructadas por mi voz... palabras que se pierden en
  los remolinos del viento,
algunos besos fugaces... algunos abrazos... brazos extendidos,
el juego de luz y sombra sobre los árboles cuando las flexibles ramas
  se agitan,
el goce de estar solo o en el bullicio de las calles, por los campos o en las
  laderas de las colinas,
la sensación de salud... la plenitud del mediodía... mi canto al levantarme
  de la cama y saludar al sol.

¿Te han parecido muchos mil acres? ¿Has creído que la tierra es
  demasiado grande?
¿Te ha costado tanto aprender a leer?
¿Te enorgullece llegar a comprender el sentido de los poemas?

Quédate conmigo este día y esta noche y poseerás el origen de todos
  los poemas,
poseerás lo bueno de la tierra y del sol... aún quedan millones
  de soles,
nada recibirás ya de segunda o tercera mano... ni mirarás a través de los
  ojos de los muertos... ni te alimentarás de los espectros de los libros,
tampoco mirarás a través de mis ojos, ni aceptarás las cosas que te digo,
escucharás lo que te llega de todos lados y lo tamizarás tú mismo.

III

He oído lo que los parlanchines decían... el discurso sobre el principio
  y el fin,
pero yo no hablo ni del principio ni del fin.

Nunca ha habido más comienzo que el que hay ahora,
ni más juventud ni vejez que la que hay ahora;

y nunca habrá más perfección que la que hay ahora,
ni más cielo ni infierno que el que hay ahora.

Impulso, impulso, impulso,
siempre el impulso procreador del mundo.

De la penumbra avanzan antitéticos iguales... Siempre la sustancia y
    la multiplicación,
siempre la síntesis de una identidad... siempre la diferencia... siempre
    la creación de vida.

De nada sirve elaborar... Los doctos y los ignorantes lo saben.

Seguros como la certidumbre más segura... a plomo los montantes,
    bien cimentados, trabados a las vigas, fuertes como un caballo,
    afectuosos, soberbios, eléctricos, aquí estamos yo y este misterio.

Clara y tierna es mi alma... claro y tierno todo lo que no es
    mi alma.

Falta uno y faltan ambos... y lo invisible se prueba por lo visible,
hasta que éste se hace invisible y es probado a su vez.

Al mostrar lo mejor y separarlo de lo peor, una generación humilla
    a la otra,
al conocer la perfecta armonía y ecuanimidad de las cosas, mientras
    discuten, callo y después voy a bañarme y a admirarme.

Bienvenido sea cada órgano y atributo de mi cuerpo, y los de cualquier
    hombre vital y limpio,
ni una pulgada, ni una partícula de pulgada es vil, y ninguna debe ser
    menos familiar que las otras.

Estoy satisfecho... veo, bailo, río, canto;

como Dios viene mi amoroso compañero y duerme a mi lado toda la noche,
    se pega a mí al despuntar el día,

y me deja canastos cubiertos con lienzos blancos que llenan la casa con
    su abundancia,

¿habré de demorar mi aceptación y mi realización, habré de gritarles a
    mis ojos

que dejen de escrutar el camino,

y que me descifren sin dilación y me demuestren al céntimo

el valor exacto de uno y el valor exacto del otro, y cuál de los dos vale más?

IV

Me rodean tramposos y preguntones,
    la gente que encuentro... la influencia de mi infancia... del barrio
    y de la ciudad en que vivo... de la nación,

las últimas noticias... descubrimientos, inventos, sociedades... autores
    antiguos y modernos,

mi cena, traje, compañeros, aspecto, negocio, atenciones, deberes,

la indiferencia real o imaginada de algún hombre o mujer que amo,

la enfermedad de uno de mis parientes, o la mía propia... o la maldad o la
    pérdida de dinero... o el abatimiento o la exaltación,

me llegan día y noche y después se alejan,

pero no son mi Yo verdadero.

Lejos de la contienda y del conflicto perdura lo que soy, perdura divertido,
    complaciente, compasivo, ocioso, unitario,

baja los ojos, se yergue, apoya un brazo sobre una base impalpable
    y segura,

mira curioso con la cabeza ladeada lo que va a suceder, a la vez dentro y
    fuera del juego, observando y maravillándose.

Miro hacia atrás y veo los días en los que sudaba en la niebla con lingüistas
    y polemistas,

no me burlo ni discuto...
    Observo y espero.

V

C reo en ti, alma mía... el otro
    que yo soy no debe humillarse
    ante ti,
y tú no debes humillarte ante él.

Holgazanea conmigo en la hierba... desata el
    freno de tu garganta,
no son palabras ni música ni versos lo que quiero...
    ni costumbres ni discursos, ni siquiera los mejores,
sólo me gusta el arrullo, el murmullo de tu voz aflautada.

Recuerdo cómo nos acostamos en junio, una mañana tan transparente
    de verano;
tú apoyaste la cabeza sobre mis caderas y dulcemente te volviste hacia mí,
y separaste mi camisa del pecho, y hundiste tu lengua en mi corazón
    desnudo,
y te estiraste hasta sentir mi barba, y te estiraste hasta alcanzar mis pies.

En seguida surgieron y me envolvieron la paz, la alegría y el conocimiento
    que transcienden todas las artes y discusiones de la tierra;
y yo sé que la mano de Dios es la hermana mayor de la mía,
y yo sé que el espíritu de Dios es mi hermano mayor
y que todos los hombres que han nacido son también mis hermanos...
    y las mujeres mis hermanas y amantes,
y que la sobrequilla de la creación es el amor;
y que son innumerables las hojas erguidas o marchitas en los campos,
y las oscuras hormigas en las pequeñas oquedades bajo ellas,
y las costras musgosas del seto, las piedras amontonadas y el saúco,
    el gordolobo y la cizaña.

VI

M e preguntó un niño: ¿qué es la hierba?, trayéndomela a puñados;
¿cómo podría yo responderle...? Yo no sé lo que es mejor que él.

Sospecho que es la bandera de mi naturaleza, tejida con esperanzada
sustancia verde.

O sospecho que es el pañuelo del Señor,
un regalo perfumado y un recordatorio dejado caer a propósito,
con el nombre del dueño de alguna forma en las puntas, para que veamos,
reparemos y nos preguntemos ¿de quién?

O sospecho que la hierba es ella misma un niño... el recién nacido,
producto de la vegetación.
O sospecho que es un jeroglífico uniforme,
y que significa, brotando por igual en regiones vastas y en regiones
estrechas,
creciendo por igual entre los negros y los blancos,
canadiense, virginiano, congresista y negro, que a todos me entrego y los
acepto por igual.

Y ahora se me figura que es la hermosa cabellera sin cortar de
las tumbas.

Te trataré con ternura, hierba rizada,
puede ser que brotes del pecho de los jóvenes, puede ser que si los hubiera
conocido los hubiera amado;
puede ser que brotes de ancianos, de mujeres, y de niños arrancados
prematuramente del regazo de sus madres,
y aquí eres el regazo de las madres.

Esta hierba es demasiado oscura para haber brotado de las cabezas
blancas de las madres ancianas,

más oscura que las descoloridas barbas de los ancianos, oscura para haber
brotado de los pálidos y rojos cielos de sus bocas.

¡Ah! Pero percibo tantas lenguas que hablan.
Y percibo que no proceden en vano de los cielos de esas bocas.

Quisiera poder traducir lo que sugieren sobre las mujeres y los jóvenes
muertos,
lo que sugieren sobre los ancianos y las madres, sobre los niños
arrebatados prematuramente de sus regazos.

¿Qué piensas tú que ha sido de los jóvenes y de los ancianos?
¿Y qué piensas que ha sido de las mujeres y de los niños?

Están sanos y salvos en alguna parte;
el retoño más pequeño demuestra que no existe la muerte,
y que si alguna vez existió lo hizo para impulsar la vida, sin esperar hasta el
fin para detenerla,
y que cesó en el momento en que apareció la vida.

Todo avanza y se dilata... nada se viene abajo,
y morir es distinto de lo que todos han imaginado, y de mejor augurio.

VII

¿Has pensado alguna vez que es afortunado nacer?
Me apresuro a decirles a él o a ella que no es menos afortunado
morir, y sé lo que me digo.

Muero con los que mueren y nazco con el recién nacido que acaban de
lavar... pues ni mi sombrero ni mis zapatos me contienen,
y escudriño objetos diversos, no hay dos iguales, y todos son buenos,
la tierra es buena, las estrellas son buenas y sus adjuntos son
todos buenos.

Yo no soy ni tierra ni adjunto de una tierra,
soy el consorte y compañero de la gente, todos tan inmortales e
    insondables como yo;
ellos no saben lo inmortales que son, pero yo sí.

Cada especie para sí y para los suyos... para mí la mía, varón y hembra,
para mí todos los que han sido jóvenes y aman a las mujeres,
para mí el hombre orgulloso y que siente la herida del desprecio,
para mí la novia y la solterona... para mí las madres y las madres de
    las madres,
para mí los labios que han sonreído, los ojos que han derramado lágrimas,
para mí los niños y las que engendran a los niños.

¿A quién le espanta la fusión?
¡Desnúdate...! No eres culpable ante mí, ni viejo ni inservible,
veo a través del paño y la guinga, lo quieras o no,
y estoy aquí, tenaz, codicioso, incansable... y nunca podrás librarte de mí.

VIII

E l niño duerme en la cuna,
   levanto la gasa y lo contemplo largo rato, y en silencio espanto las
   moscas con la mano.

El joven y la muchacha ruborizada se separan al subir la frondosa colina,
los observo desde la cumbre sin que me vean.

El suicida está tendido en el suelo ensangrentado del dormitorio,
así es... vi el cadáver... el lugar donde había caído la pistola.

La cháchara en las aceras... las llantas de los carros, el lodo de las suelas y
    la conversación de los que pasean,
el pesado ómnibus, el cochero con el pulgar interrogante, el resonar de los
    cascos en el pavimento de granito,

el carnaval de los trineos, el retintín y las pullas a gritos y los golpes de las
    bolas de nieve;
los vítores a los héroes populares... el furor de la muchedumbre exaltada,
el golpeteo de la camilla con cortinas, el enfermo dentro, que llevan
    al hospital,
el encuentro de los enemigos, la blasfemia súbita, los golpes y la caída,
la muchedumbre excitada, el policía con su estrella abriéndose paso
    rápidamente hacia el centro del gentío;
las rocas impresionantes que reciben y devuelven tantos ecos,
las almas deambulando de un lado para otro... ¿son invisibles mientras el
    átomo más pequeño de las rocas es visible?
¡Qué gemidos de los ahítos o de los medio muertos de hambre que
    se desploman sobre las banderas en un ataque de insolación o
    de epilepsia!
¡Qué gritos de las mujeres, sorprendidas de pronto con dolores, que corren
    a casa a parir niños!
¡Qué lenguaje vivo y soterrado vibra siempre aquí... cuánto aullido
    reprimido por decoro!
El arresto de criminales, menosprecios, propuestas de adulterio,
    aceptaciones, rechazos de labios desdeñosos,
me preocupan estas cosas o su resonancia... vuelvo a ellas una y otra vez.

IX

Los portones del granero están abiertos y preparados,
    la hierba seca del estío llena el carro arrastrado lentamente,
la luz clara juega sobre el pardo, el gris y el verde mezclados,
las brazadas se apilan hacia el granero ya combado.
Estoy allí... ayudo... he venido tendido sobre la carga,
he sentido sus suaves sacudidas... una pierna descansando sobre la otra,
salto desde los travesaños y cojo el trébol y la alfalfa,
y me revuelco de pies a cabeza, los manojos de hierba se enredan en
    mi cabello.

X

C azo solitario por parajes agrestes y montañas lejanas,
vagando asombrado por mi ligereza y alegría,
al atardecer escojo un lugar seguro donde pasar la noche,
enciendo el fuego y aso la pieza recién cobrada,
cayendo profundamente dormido sobre el montón de hojas, con el perro
y la escopeta a mi lado.

El clíper yanqui con sus tres velas desplegadas... corta la lluvia fina y
la espuma.
Mis ojos fijan la tierra... me inclino sobre la proa o grito alegremente desde
la cubierta.

Los barqueros y pescadores de almejas madrugaron y me esperaron,
metí los bordes del pantalón en las botas, fui y pasé un buen rato con ellos,
deberías haber estado con nosotros aquel día alrededor del caldero de
sopa de almejas.

Vi la boda del trampero al aire libre en el lejano oeste... la novia era una
piel roja,
su padre y sus amigos estaban sentados cerca con las piernas cruzadas,
fumando ausentes... llevaban mocasines y amplias y espesas mantas
colgaban de sus hombros;
el trampero descansaba en la orilla... vestido casi enteramente de pieles...
su barba exuberante y las melenas le protegían el cuello,
una mano descansaba en el rifle... la otra sostenía con firmeza la muñeca
de la piel roja,
ella tenía las pestañas largas... llevaba la cabeza desnuda... sus trenzas
ásperas y rectas descendían por sus miembros voluptuosos y le
llegaban hasta los pies.

El esclavo fugitivo vino a casa y se detuvo fuera,
oí cómo sus movimientos hacían crujir las ramitas del montón de leña,

por la media puerta entornada de la cocina lo vi cojear agotado,
me acerqué al tronco en el que se sentaba, le hice entrar y sentirse a gusto,
y traje agua y llené una tina para su cuerpo sudoroso y sus pies
     magullados,
y le di una alcoba a la que se entraba por la mía y ropa basta pero limpia,
y recuerdo perfectamente bien sus ojos inquietos y su torpeza,
y recuerdo haberle puesto emplastos en las rozaduras del cuello y de
     los tobillos;
pasó conmigo una semana hasta recuperarse y seguir hacia el norte,
le hacía sentarse a mi lado en la mesa... mi fusil descansaba en el rincón.

XI

Veintiocho[1] muchachos se bañan en la playa,
     veintiocho muchachos y todos tan amigos,
veintiocho años de vida femenina y todos tan solitarios.

Suya es la hermosa casa que se alza en la orilla,
se oculta hermosa y ricamente vestida tras las persianas de la ventana.

¿Cuál de los jóvenes le gusta más?
¡Ah! El menos agraciado le parece hermoso.

¿Adónde va usted, señora? Porque la estoy viendo, chapotea usted en el
     agua allá abajo y sin embargo permanece inmóvil en la habitación.

Bailando y riendo por la playa vino la bañista veintinueve,
los otros no la vieron, pero ella los vio y los amó.

El agua brillaba en las barbas de los muchachos, se escurría por sus
     largos cabellos,
pequeños arroyos recorrían sus cuerpos.

---

1   Posible referencia al ciclo lunar o al periodo menstrual.

Una mano invisible también acariciaba sus cuerpos,
descendía trémula por las sienes y las costillas.

Los muchachos flotan de espaldas, sus blancos vientres combados al sol...
    no preguntan quién se ase fuerte a ellos,
no saben quién jadea y se inclina con arco colgante y curvado,
no saben a quién salpican con espuma.

XII

E l aprendiz de carnicero se quita las ropas de matar, o afila el cuchillo
    en el puesto del mercado,
me detengo disfrutando con sus ocurrencias, su arrastre de pies y su baile
    nervioso.

Herreros de tiznados y velludos pechos rodean el yunque,
cada uno tiene su martillo pilón... todos están fuera... hace mucho calor
    en la fragua.

Desde el umbral cubierto de ceniza sigo sus movimientos,
el ligero vaivén de sus talles armoniza con el de sus fornidos brazos,
en lo alto se balancean los martillos —lentos en lo alto— y tan firmes,
no se apresuran, cada uno golpea cuando le toca.

XIII

E l negro sujeta con firmeza las riendas de sus cuatro caballos... el
    bloque se vence por debajo sobre su cadena tensada.

El negro que conduce el enorme carro de la cantera... se sostiene firme y
    alto con un pie en el pescante,
su camisa azul descubre el ancho cuello y pecho y queda suelta por encima
    del cinturón,
su mirada es tranquila y dominante... se echa para atrás el sombrero y
    descubre la frente,

el sol cae sobre su bigote y pelo crespo... cae sobre sus miembros, negros,
   pulidos y perfectos.

Contemplo a este gigante pintoresco y lo amo... y no me detengo
   en eso,
también voy con el tiro de caballos.

En mí habita el que acaricia la vida en cualquier dirección que se mueva...
   ya sea hacia atrás o hacia adelante,
inclinándome ante los nichos olvidados y ante los más recientes.

Bueyes que agitáis el yugo o que paráis en la sombra, ¿qué expresáis
   con vuestros ojos?
Me parece que más que todos los libros que he leído en mi vida.

Mis pasos espantan a los patos y gansos en mis largas caminatas que
   duran todo el día,
alzan el vuelo juntos y lentamente describen un círculo en redondo.

Creo en esos alados propósitos,
y reconozco en mí el juego del rojo, el amarillo y el blanco,
y considero que el verde y el morado y su penacho son intencionados;
y no digo que la tortuga es indigna por no ser otra cosa,
y el mirlo de la marisma, sin haber estudiado la escala, canta bien para
   mi gusto,
y la mirada de la yegua baya hace que me avergüence de mi simpleza.

XIV

El ganso salvaje guía su bandada por la fría noche,
   «¡ya-honk!», dice, y me suena como una invitación;
los necios pueden pensar que no tiene sentido, pero yo lo escucho
   atentamente,
y descubro su propósito y lugar allá arriba en el cielo de noviembre.

El alce del norte de afilados cascos, el gato en el alféizar, el carbonero,
    el perro de la pradera,
las crías de la cerda que gruñe mientras le tiran de las tetas,
la pollada de la pava y la pava con las alas entreabiertas,
veo en ellas y en mí la misma ley antigua.

La presión de mi pie sobre la tierra despierta mil afectos,
que desprecian mi mayor esfuerzo por describirlos.

Estoy enamorado de todo lo que crece al aire libre,
de los hombres que viven junto al ganado o gustan del océano y de
    los bosques,
de los constructores y timoneles de navíos, de los que blanden el hacha
    y el mazo, de los que conducen caballos,
puedo comer y dormir con ellos durante semanas y semanas.

Lo que es más corriente, lo más barato, lo más próximo y lo más fácil
    soy yo,
yo, abocado a mi suerte, apostando por grandes ganancias,
adornándome para entregarme al primero que me tome,
sin pedirle al cielo que baje cuando yo quiera,
derramándolo todo con generosidad y para siempre.

XV

El contralto de voz pura canta en la tribuna del órgano,
    el carpintero cepilla la tabla... la lengua del cepillo silba su ceceo
    ascendente y salvaje,
los hijos casados y los solteros vuelven a casa para la cena de Acción
    de Gracias,
el piloto empuña el timón y lo gobierna con fuerte brazo,
el arponero se yergue amarrado al bote ballenero con la lanza y el arpón
    listos,
el cazador de patos camina en silencio y con pasos sigilosos,

los diáconos reciben la ordenación ante el altar con las manos cruzadas,
la joven hilandera retrocede y avanza al ritmo de la gran rueda,
el labrador se para el domingo ante la cerca y contempla la avena y
    el centeno,
el loco es conducido al fin al asilo, un caso confirmado,
no volverá a dormir, como solía, en el camastro de la habitación de su
    madre;
el obrero tipógrafo de cabeza cana y de mentón enjuto trabaja ante su caja,
le da la vuelta a la mascada de tabaco, sus ojos se nublan ante
    el manuscrito;
los miembros deformes son atados a la mesa de operaciones,
lo que se corta cae de manera horrible en un cubo;
a la cuarterona la venden en pública subasta... el borracho cabecea junto
    a la estufa de la taberna,
el maquinista se remanga la camisa... el policía hace su ronda... el portero
    observa a los que pasan,
el joven conduce la diligencia... lo amo aunque no lo conozca;
el mestizo se ata las botas ligeras para competir en la carrera,
la cacería de pavos del oeste reúne a jóvenes y viejos... algunos se apoyan
    en los rifles, otros se sientan en los troncos,
de la muchedumbre sale el tirador de élite, toma su puesto y apunta;
grupos de inmigrantes recién llegados llenan el muelle y el malecón,
los negros cavan en el cañaveral, el capataz los vigila desde su silla;
suena el cuerno en el salón de baile, los caballeros corren en busca de su
    pareja, los bailarines se saludan con una inclinación;
el muchacho yace despierto en la buhardilla de techos de cedro,
    escuchando la música de la lluvia,
el cazador de Michigan pone trampas en el arroyo que alimenta al Hurón,
el reformador sube a la plataforma, resopla con la boca y la nariz,
la compañía regresa de su excursión, el morenito cierra la retaguardia con
    la diana colada de tiros,
la india, envuelta en un manto con ribetes amarillos, ofrece mocasines y
    bolsas de cuentas,

el entendido husmea por la galería de arte con los ojos semicerrados y la
cabeza ladeada,
los marineros amarran el barco, se tiende la escala para los pasajeros que
desembarcan,
la hermana menor sostiene la madeja, la mayor devana la lana y se detiene
de vez en cuando en los nudos,
la esposa que se casó hace un año se recupera feliz, dio a luz a su primer
hijo hace una semana,
la muchacha yanqui de cabellos limpios trabaja con la máquina de coser
en el taller o en la fábrica,
la mujer en el noveno mes está en la sala de partos, su desmayo y sus
dolores arrecian;
el empedrador se apoya sobre los dos brazos de su pisón, el lápiz del
reportero vuela con suavidad sobre el cuaderno, el pintor de carteles
forma letras en rojo y oro,
el joven barquero trota en la senda de la sirga, el contable cuenta en su
pupitre, el zapatero encera la hebra,
el director de la orquesta lleva el compás y todos los músicos le siguen,
bautizan al niño, el converso está haciendo su primera profesión de fe,
la regata se despliega en la bahía... ¡cómo brillan las blancas velas!,
el ganadero que vigila su ganado grita a las reses a punto de desviarse,
el buhonero suda con su carga a la espalda, el comprador regatea un
ridículo centavo,
la cámara y la placa están preparadas, la señora debe posar para el
daguerrotipo,
la novia alisa su vestido blanco, el minutero avanza lentamente,
el fumador de opio yace con el cuello rígido y los labios entreabiertos,
la prostituta arrastra su chal, el gorro se bambolea sobre su cuello
vacilante y lleno de granos,
la gente se ríe de su obsceno lenguaje, los hombres se burlan y se guiñan
entre sí el ojo
(¡miserables!, yo no me río de vuestras blasfemias ni me burlo),
el presidente celebra consejo, lo rodean sus ministros,

pasean cinco simpáticas matronas cogidas del brazo por la plaza;

la tripulación del pesquero apila capas y capas de halibut en la bodega,

el hombre de Misuri cruza las llanuras transportando su mercancía
  y su ganado,

el cobrador recorre el tren, se hace anunciar por el tintineo de sus
  monedas,

los carpinteros entariman el suelo, los hojalateros arreglan el tejado,
  los albañiles piden argamasa,

en fila pasan los peones llevando al hombro su artesa;

las estaciones sucediéndose unas a otras congregan muchedumbres
  indescriptibles... es el cuatro de julio... ¡qué salvas de artillería
  y fusilería!

Las estaciones sucediéndose unas a otras, el labrador ara, el segador siega
  y la semilla de invierno cae en el surco;

allá en los lagos, el pescador de lucios vigila y espera junto al agujero en la
  superficie helada,

los troncos se amontonan sobre el claro del bosque, el colono hiende
  profunda el hacha,

los balseros amarran con el crepúsculo cerca de los algodonales o de
  los pacanos,

los cazadores de mapaches recorren las regiones del río Colorado o las que
  desaguan en el Tennessee, o las del Arkansas,

las antorchas brillan en las sombras que caen sobre el Chattahooche
  o el Altamahaw;[2]

los patriarcas cenan con sus hijos, nietos y biznietos a su alrededor,

en paredes de adobe o en tiendas de lona descansan cazadores y
  tramperos, acabada la actividad del día.

La ciudad duerme y el campo duerme,

los vivos duermen su tiempo... los muertos duermen el suyo,

el marido anciano duerme junto a su mujer y el joven junto a la suya;

---

2   Chattahooche y Altamahaw son ríos de Georgia.

y éstos y todos se me ofrecen secretamente y yo me ofrezco abiertamente
    a ellos,
y lo que va a ser de éstos es más o menos lo que yo soy.

XVI

S oy de los viejos y de los jóvenes, de los necios tanto como de los sabios,
    indiferente a los demás, atento siempre a los demás,
maternal y a la vez paternal, niño y a la vez hombre,
lleno de materia que es basta y lleno de materia que es fina,
ciudadano de las grandes naciones, de la nación de muchas naciones, la
    más pequeña lo mismo que la más grande,
sureño tanto como norteño, cultivador indolente y hospitalario,
un yanqui que sigo mi camino... predispuesto para el comercio... mis
    articulaciones son las más flexibles de la tierra y las más resistentes,
un hombre de Kentucky recorriendo el valle de Elkhorn con mis polainas
    de piel de ciervo,
un barquero en lagos y bahías o a lo largo de las costas... un hombre de
    Indiana, de Wisconsin y Ohio,
un hombre de Luisiana o de Georgia, un haragán de las dunas y los pinos,
a gusto en botas de nieve canadienses o en los bosques, o con los
    pescadores de Terranova,
a gusto en la flotilla de rompehielos, navegando con todos y virando,
a gusto en las colinas de Vermont, en los bosques de Maine o en el
    rancho tejano,
camarada de californianos... camarada de los hombres libres del noroeste
    y amante de su corpulencia,
camarada de lancheros y carboneros, camarada de todos aquéllos que
    estrechan la mano e invitan a comer y a beber;
aprendiz con los más simples, maestro de los pensadores,
novicio principiante con la experiencia de miríadas de estaciones,
de todas las razas, oficios y rangos, de todas las castas y religiones,
no sólo del Nuevo Mundo, sino de África, Europa o Asia... un salvaje
    errante,

granjero, mecánico, artista... caballero, marino, amante o cuáquero,
presidiario, chulo, pendenciero, abogado, médico o sacerdote.

Todo lo resisto mejor que mi propia diversidad,
y respiro el aire, pero dejo en abundancia tras de mí,
y no soy engreído, y sé estar en mi lugar.

La polilla y las huevas están en su lugar,
los soles que veo y los soles que no veo están en su lugar,
lo palpable está en su lugar y también lo impalpable.

XVII

Éstos son los pensamientos de todos los hombres en todas las épocas
y países, no son originales míos,
si no son tuyos tanto como míos no son nada o casi nada,
si no incluyen todo, son poco menos que nada,
si no son el enigma y la resolución del enigma, no son nada,
si no son al mismo tiempo cercanos y remotos, no son nada.

Ésta es la hierba que crece dondequiera que hay tierra y agua,
éste es el aire común que baña el globo.

Éste es el aliento de las leyes, canciones y conductas,
ésta es el agua insípida de las almas... éste es el verdadero sustento,
es para los analfabetos... para los jueces de la corte suprema... para el
    congreso federal y para los congresos de los estados,
es para las admirables tertulias de escritores, compositores, cantantes,
    conferenciantes, ingenieros y sabios,
es para las infinitas razas de trabajadores, granjeros y marinos.

XVIII

Éste es el trino de mil cornetas claras, el grito de la
flauta en octava y el golpeteo de los triángulos.

No toco una marcha tan sólo para los vencedores...
toco grandes marchas por los vencidos y los asesinados.

¿Has oído decir que era bueno ganar la jornada?
Yo también afirmo que es bueno perderla... las batallas se pierden con el
    mismo espíritu con que se ganan.

Hago sonar tambores triunfales por los muertos... lanzo por mis boquillas
    la música más fuerte y alegre en su honor,
vivas por los vencidos, por aquéllos cuyos barcos de guerra se hundieron
    en el mar y por aquellos mismos que se hundieron en el mar,
y por todos los generales que perdieron batallas, por todos los héroes
    vencidos y por los innumerables héroes desconocidos y que son iguales
    que los más grandes héroes conocidos.

XIX

Ésta es la comida servida agradablemente... ésta es la carne y la
    bebida para el hambre natural,
es para el malvado tanto como para el justo... con todos me cito,
no permitiré que una sola persona sea ignorada o excluida,
la mujer mantenida, el gorrón, el ladrón, están aquí invitados... el esclavo
    de labios gruesos está invitado... el sifilítico está invitado;
no habrá ninguna diferencia entre ellos y los otros.

Éste es el apretón de una mano tímida... éste es el movimiento y el olor
    del pelo,
éste es el contacto de mis labios en los tuyos... éste es el murmullo del deseo,
ésta es la remota profundidad y altura que refleja mi rostro,
ésta es la deliberada fusión de mi yo y su liberación de nuevo.

¿Adivinas en mí algún propósito oscuro?
Pues lo tengo... porque las lluvias de abril lo tienen, y lo tiene la mica
    adherida al lado de la roca.

¿Crees que quiero asombrar?
¿Asombra la luz del día o el petirrojo mañanero que gorjea en el bosque?
¿Asombro yo más que ellos?

En esta hora digo cosas confidenciales,
que no se las diría a cualquiera, pero a ti sí.

XX

¿Quién anda por ahí, ansioso, grosero, místico, desnudo?
¿Cómo es que saco fuerzas de la carne que como?

¿Qué es un hombre a fin de cuentas? ¿Qué soy yo y qué eres tú?
Todo cuanto señalo como mío tú lo equilibrarás con lo tuyo,
de lo contrario sería tiempo perdido escucharme.

Yo no lloriqueo con los que lloriquean por el mundo, que los meses son
vacíos y la tierra fango e inmundicia,
que la vida es succión y estafa y nada queda al final más que un raído
crespón y lágrimas.

Gemidos y adulaciones envueltos en polvos para enfermos...
la conformidad acaba en un excusado apartado,
yo llevo el sombrero como me place dentro y fuera de casa.

¿Por qué he de rezar? ¿Por qué he de venerar y reverenciar?
He examinado y analizado los estratos minuciosamente,
y he consultado a los doctos, he calculado al detalle y no he encontrado
grasa más gustosa que la que se pega a mis propios huesos.

Me veo en toda la gente, ninguno es más y ninguno menos que un grano
de cebada,
y lo bueno y malo que digo de mí lo digo de ellos.

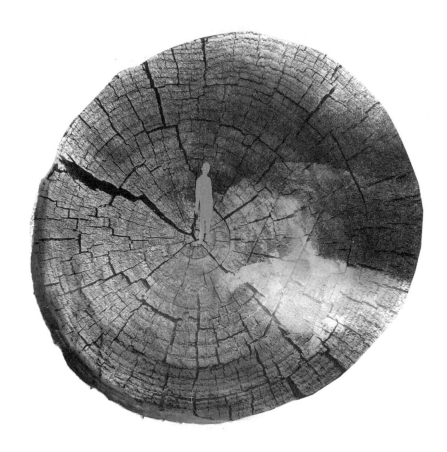

Y sé que soy robusto y sano,
hacia mí fluyen perpetuamente los objetos convergentes del universo,
todos han sido escritos para mí y debo descifrar lo que su escritura
    significa.

Y sé que soy inmortal,
sé que esta órbita mía no puede ser recorrida por un cepillo de carpintero,
sé que no me desvaneceré como la espiral que en la noche traza un niño
    con un tizón encendido.

ALMA CLÁSICOS ILUSTRADOS

JOHANNA SPYRI

HEIDI

978-84-17430-10-8

RELATOS DE VAMPIROS

978-84-18008-94-8

Jonathan Swift

LOS VIAJES DE GULLIVER

978-84-18008-95-5

EL CORAZÓN DE LAS TINIEBLAS

JOSEPH CONRAD

978-84-18395-13-0

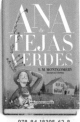

ANA DE TEJAS VERDES

L. M. MONTGOMERY

978-84-18395-62-8

EL JUGADOR

FIÓDOR DOSTOYEVSKI

978-84-18395-12-3

H.P. LOVECRAFT

CICLO ONÍRICO RANDOLPH CARTER

978-84-18395-37-6

EL VALLE del MIEDO

ARTHUR CONAN DOYLE

978-84-18395-32-1

ILÍADA

HOMERO

978-84-18008-96-2

WILKIE COLLINS

LA MUJER DE BLANCO

978-84-18395-14-7

GRANDES ESPERANZAS

Charles Dickens

978-84-18008-09-2

F. SCOTT FITZGERALD

EL GRAN GATSBY

978-84-18395-18-5

ANTOLOGÍA DE RELATOS ROMÁNTICOS

APASIONADOS

978-84-17430-95-5

MANSFIELD PARK

Jane Austen

978-84-18008-13-9

CARLO COLLODI

PINO CHO

978-84-18395-15-4

ANTOLOGÍA DE CUENTOS CORTOS

978-84-18008-07-8

Sé que soy augusto,
no torturo mi espíritu ni para que se justifique ni para que se haga
    entender,
veo que las leyes elementales nunca piden disculpas,
después de todo creo no comportarme con más orgullo
que el nivel que me sirve para asentar mi casa.

Existo como soy, eso es bastante,
si nadie en el mundo lo sabe, estoy satisfecho,
y si todos y cada uno lo saben, estoy satisfecho.

Un mundo lo sabe, que es el más grande para mí, y ese mundo soy yo,
y si llego adonde me pertenezco hoy o dentro de diez mil o de diez millones
    de años,
puedo aceptarlo con alegría ahora o puedo esperar con la misma alegría.

La planta de mi pie está machihembrada y ensamblada en granito,
me río de lo que llamas disolución,
y yo conozco la amplitud del tiempo.

XXI

Soy el poeta del cuerpo,
y soy el poeta del alma.

Los goces del cielo están conmigo y los tormentos del infierno están
    conmigo,
los primeros los injerto y multiplico en mi ser... los últimos los traduzco a
    una nueva lengua.

Soy el poeta de la mujer tanto como del hombre,
y digo que es tan grande ser mujer como ser hombre,
y digo que nada es tan grande como la madre de los hombres.

Entono un canto nuevo de exaltación y orgullo,
hemos soportado demasiados acogotamientos e insultos,
enseño que el tamaño es solamente desarrollo.

¿Has superado a todos? ¿Eres el presidente?
Es una bagatela... todos llegarán más allá y todavía seguirán adelante.
Soy el que camina con la tierna y creciente noche;
llamo a la tierra y al mar invadidos a medias por la noche.

¡Abrázame fuerte, noche de senos desnudos! ¡Abrázame fuerte, noche
    magnética y nutricia!
¡Noche de vientos del sur! ¡Noche de grandes astros solitarios!
¡Noche silenciosa que me llamas! ¡Loca y desnuda noche de verano!

¡Sonríe, oh tierra voluptuosa de fresco aliento!
¡Tierra de árboles adormecidos y líquidos!
¡Tierra de atardeceres desvanecidos! ¡Tierra de montañas coronadas
    de neblina!
¡Tierra del cristalino fluir de la luna llena que acaba de teñirse de azul!
¡Tierra de luces y sombras que jaspean la corriente del río!
¡Tierra del gris límpido de las nubes más brillantes y claras por mi causa!
¡Tierra de recodos profundos! ¡Rica tierra de manzanos en flor!
¡Sonríe porque llega tu amante!

¡Pródiga! ¡Me has dado amor... y amor te doy por tanto!
¡Oh, amor, apasionado e inefable!

¡Arribista que me estrechas con fuerza y que yo estrecho con fuerza!
Nos hacemos daño el uno al otro como el novio y la novia se hacen daño el
    uno al otro.

XXII

¡Y tú, mar! También a ti me entrego... adivino lo que quieres decirme,
veo desde la playa tus encorvados dedos que me invitan,

creo que rehúsas retirarte sin haberme tocado;
debemos dar un paseo juntos... me desnudo... aléjame deprisa fuera de la
     vista de la tierra,
acúname con suavidad... méceme en tu sueño ondulado,
salpícame con amorosa humedad... puedo recompensarte.

¡Mar de dilatadas marejadas!
¡Mar que respiras profundo y revuelto!
¡Mar que eres la sal de la vida! ¡Mar de tumbas siempre abiertas y sin cavar!
¡Mar aullador y escultor de tormentas! ¡Mar caprichoso y delicado!
Formo un todo contigo... también yo soy de una fase y de todas las fases.

Partícipe de flujos y reflujos... glorificador del odio y de la reconciliación,
glorificador de los amigos y de aquéllos que duermen abrazados.

Soy el que testimonia la simpatía;
¿haré la lista de las cosas que hay en la casa y me olvidaré de la casa que
     las contiene?

Soy el poeta del sentido común, de lo demostrable y de la inmortalidad,
y no sólo el poeta de la bondad... no me niego a ser también el poeta de
     la perversidad.

Lavados y afeitados para los tontos... para mí pecas y una barba hirsuta.

¿Qué palabrería es ésa sobre la virtud y el vicio?
El mal me empuja y me empuja la reforma del mal... me quedo indiferente,
mi talante no es el del censor ni el del que todo lo niega,
yo humedezco las raíces de todo lo que ha crecido.

¿Temiste algún tipo de escrófula a causa de tu infatigable preñez?
¿Pensaste que las leyes del cielo pueden ser todavía revisadas
     y corregidas?

Salgo al paso para decir que lo que hacemos es lo recto y que lo que
 afirmamos es lo recto... y que algunas cosas son tan sólo mena de
 lo recto,
testigos de lo nuestro... a un lado una balanza y en el lado opuesto la
 otra balanza,
la doctrina blanda resulta una ayuda tan firme como la doctrina firme,
los pensamientos y hechos del presente suponen nuestro incentivo y
 primer impulso.

Este minuto que me llega ahora desde pasados decillones,
no hay nada mejor que él y ahora.

Lo que funcionó bien en el pasado y lo que funciona bien ahora no es tal
 maravilla,
la maravilla es que siempre, siempre puede existir un hombre mezquino
 y un infiel.

XXIII

¡**D**esarrollo incesante de las palabras de cada época!
Y la mía una palabra del presente... una palabra *en masse.*

Una palabra de la fe que nunca defrauda,
un tiempo tan bueno como otro tiempo... el ahora o el mañana son lo
 mismo para mí.

Una palabra de realidad... el materialismo la empapa del principio al fin.

¡Un hurra por la ciencia positiva! ¡Viva la demostración exacta!
Recoged uva de gato y mezcladla con cedro y ramas de lila;
éste es el lexicógrafo o el químico... éste compuso una gramática de los
 antiguos jeroglíficos,
estos navegantes condujeron la nave por mares desconocidos
 y peligrosos,

éste es el geólogo y éste trabaja con el escalpelo, y éste es un matemático.

Caballeros, yo os recibo, junto y estrecho manos con vosotros,
los hechos son útiles y reales... ellos no son mi morada... entro por ellos a
    un área de la morada.

Soy menos la memoria de la propiedad y de las cualidades y más la
    memoria de la vida,
y salgo a la plaza por mi propia causa y por la de los demás,
y me importan poco los neutros y los castrados, estoy a favor de los
    hombres y mujeres plenamente equipados,
y hago sonar el gong de la rebelión, me uno a los fugitivos y a aquéllos que
    traman y conspiran.

XXIV

Walt Whitman, un americano, uno de los duros, un cosmos,
    turbulento, carnal y sensual... comiendo, bebiendo y engendrando,
ni sentimental... ni erguido por encima de hombres y mujeres, ni alejado
de ellos... ni más modesto que inmodesto.

¡Arrancad las cerraduras de las puertas!
¡Arrancad las puertas mismas de los goznes!

Quien degrada a otro me degrada a mí... y todo lo que se dice o se hace
    vuelve al fin a mí,
y todo lo que hago o digo también lo devuelvo.

A través de mí surge y surge el aliento de la inspiración... a través de mí la
    corriente y el índice.

Yo pronuncio la contraseña primordial... y hago el signo de la democracia;
¡por Dios!, no aceptaré nada que no sea ofrecido a los demás en iguales
    términos.

A través de mí muchas voces largo tiempo calladas,
voces de las interminables generaciones de esclavos,
voces de las prostitutas y de los deformes,
voces de los enfermos y desesperados, de los ladrones y de los enanos,
voces de los ciclos de preparación y crecimiento,
y de los hilos que unen a las estrellas, de los úteros y de la semilla paterna,
y de los derechos de aquéllos a quienes oprimen los otros,
de los triviales y simples, de los tontos y despreciados,
de la niebla en el aire y de los escarabajos que arrastran bolas de estiércol.

A través de mí voces prohibidas,
voces de sexos y lujurias... voces veladas y yo aparto el velo,
voces indecentes que yo clarifico y transfiguro.

No me tapo la boca con la mano,
me conservo tan puro en las entrañas como en la cabeza y el corazón,
la cópula no tiene para mí más rango que la muerte.

Creo en la carne y en los apetitos,
ver, oír y sentir son milagros y cada parte y apéndice de mí es un milagro.
Divino soy por dentro y fuera y santifico todo lo que toco o me toca;
el aroma de estas axilas es más fino que la plegaria,
esta cabeza vale más que la iglesia, la biblia o los credos.

Si venero algo en particular será alguna extensión de mi cuerpo;
translúcida arcilla[3] mía, esto serás tú,
sombreados bordes y descansos, firme reja viril, esto serás tú,
cualquier cosa que contribuya a mi cultivo, esto serás tú,
tú mi rica sangre, tu arroyo lechoso pálidos despojos de mi vida;
pecho que se aprieta a otros pechos, esto serás tú,
mi cerebro serán tus circunvoluciones ocultas,

---

3   Semen.

raíz de cálamo dulce y oloroso, agachadiza tímida, nido de protegidos
    huevos gemelos,[4] esto serás tú,
heno mezclado y revuelto de la cabeza, barba y músculos, esto serás tú,
savia que gotea del arce, fibra de trigo viril, esto serás tú;
sol tan generoso, esto serás tú,
vapores que iluminan y oscurecen mi rostro, esto serás tú,
arroyos y rocíos sudorosos, esto serás tú,
vientos cuyos suaves y cosquilleantes genitales se restriegan contra mí,
    esto serás tú,
amplios campos musculares, ramas de encina, amoroso holgazán de mi
    tortuoso sendero, esto serás tú,
manos que he tomado, rostro que he besado, mortal que alguna vez he
    tocado, esto serás tú.

Me adoro sin límite... hay tantas cosas en mí y todas tan deliciosas...
cada momento y todo lo que ocurre me hace estremecer de alegría.

No sé decir cómo se doblan mis tobillos... ni dónde nace la causa del más
    leve de mis deseos,
ni la causa de la amistad que suscito... ni la causa de la amistad que recibo.

Subir a mi porche es inexplicable... me paro a considerar si no sueño,
que coma y beba es un espectáculo suficiente para los grandes autores y
    escuelas,
el dondiego en mi ventana me satisface más que la metafísica de
    los libros.

¡Contemplar el amanecer!
La tenue luz borra las sombras diáfanas e inmensas,
el sabor del aire es grato a mi paladar.

---

4   Imágenes fálicas.

Fuerzas del mundo en movimiento que se entregan a juegos inocentes,
     ascendiendo en silencio, rezumando frescor,
errando oblicuamente arriba y abajo.

Algo que no veo proyecta hacia arriba pitones libidinosos,
mares de jugos resplandecientes inundan los cielos.

La tierra sostenida por el cielo… la cotidiana consumación de su unión,
el desafío lanzado por el origen en ese momento sobre mi cabeza,
la burla mordaz, ¡veremos entonces si tú serás el dueño!

XXV

Deslumbradora y formidable, qué pronto me mataría la aurora
si yo no fuera capaz ahora y siempre de proyectar la aurora fuera
de mí.

Nosotros también ascendemos deslumbrantes y formidables como el sol,
fundamos nuestra aurora, alma mía, en la calma y frescura del alba.

Mi voz persigue lo que mis ojos no pueden alcanzar,
con el giro de mi lengua abarco mundos y universos.

El habla es la gemela de mi vista... y es incapaz de medirse por sí misma.
Me provoca sin cesar,
me dice con sarcasmo: «Walt, sabes mucho... ¿por qué, entonces,
    no lo expresas?».

Vamos, no me dejaré tentar... tienes demasiada fe en la expresión.

¿No sabes cómo se doblan los brotes por debajo?
Esperando en la sombra, protegidos por la escarcha,
el cieno retrocediendo ante mis proféticos gritos,
yo, fundamento de las causas, las equilibro al fin,
mi conocimiento, parte viva de mi ser... lleva la cuenta del significado de
    las cosas,
felicidad... que a quienquiera que me oiga se le permita a él o a ella partir
    en su búsqueda hoy mismo.

Te niego mi mérito final... me niego a despojarme de lo mejor
    de mí.

Abarca mundos, pero nunca intentes abarcarme,
almaceno tu palabrería más ruidosa con sólo mirarte.
La escritura y la charla no me revelan,
llevo la plenitud de la prueba y todas las demás cosas en el rostro,
con el silencio de mis labios refuto al mayor escéptico.

XXVI

Creo que no haré otra cosa durante mucho tiempo que escuchar,
    para aumentar mi caudal con lo que oigo... y dejar que los sonidos me
    enriquezcan.

Oigo el bullicio de los pájaros... el rumor del trigo que crece... el cotilleo
    de las llamas... el chasquido de los leños con los que preparan
    mis comidas.

Oigo el sonido de la voz humana... un sonido que amo,
oigo todos los sonidos según se templan para su uso... los sonidos de la
   ciudad y los sonidos de fuera... los sonidos del día y de la noche:
niños locuaces con quienes los aman... la cantinela de los pescadores
   y fruteros... la fuerte risa de los obreros en la mesa,
el tono bajo airado de la amistad truncada... los tonos débiles de los
   enfermos,
el juez con las manos firmes en la mesa, sus temblorosos labios
   pronunciando una sentencia de muerte,
el grito de los estibadores que descargan los barcos junto al muelle...
   el estribillo de los marineros que levan anclas;
el repiqueteo de los timbres de alarma... el grito de fuego... el zumbido
   de las veloces máquinas y coches de bomberos con su campanilleo
   premonitorio y luces de colores,
la sirena de vapor... el pesado rodar del tren y de los vagones que se acercan;
la lenta marcha que tocan por la noche a la cabeza del cortejo,
van a hacer guardia ante un cadáver... las banderas llevan crespones
   negros en lo alto.

Oigo el violonchelo o el lamento del corazón del hombre, y oigo la corneta
   que da el tono o tal vez el eco del ocaso.

Oigo el coro... es una gran ópera... ¡esto sin duda es música!

Un tenor de voz poderosa y fresca como la creación me llena,
la flexión órbica de su boca se derrama y me llena por completo.

Oigo a la disciplinada soprano... me crispa como el clímax de mi abrazo
   amoroso;
la orquesta me hace describir órbitas más vastas que las de Urano,
arranca ardores innombrables de mi pecho,
me hace palpitar con tragos del más profundo horror,

me hace navegar... entro con los pies desnudos... que lamen las olas
   indolentes,
me quedo sin protección... cortado por un granizo amargo y envenenado,
saturado de dulce morfina... mi tráquea se comprime en un simulacro
   de muerte,
vuelvo de nuevo en mí para sentir el enigma de los enigmas,
y eso que llamamos el Ser.

XXVII

Ser bajo cualquier forma, ¿qué significa?
Si nada hubiera evolucionado más que la almeja y su durísima
   concha bastaría.

Mi concha no es tan dura,
tengo conductores instantáneos por todo mi cuerpo ya esté en movimiento
   o reposo,
se apoderan de cada objeto y lo hacen penetrar en mí sin dolor.

Apenas me muevo, presiono, siento con mis dedos, y soy feliz,
tocar con mi persona la de otro, sobre todo, es lo más que puedo resistir.

XXVIII

¿Es éste, pues, un contacto...? Hace vibrar en mí una nueva
   identidad,
las llamas y el éter precipitándose por mis venas,
extremidades traidoras acudiendo en masa para ayudarlas,
mi carne y mi sangre jugando a lanzar rayos que han de golpear lo que
   apenas difiere de mí,
por todas partes hay provocadores lascivos que paralizan mis miembros,
que exprimen la ubre de mi corazón para extraerle la última gota,
que se comportan licenciosamente conmigo, sin aceptar el no,
que me despojan de lo mejor que hay en mí por alguna razón,
que desabrochan mi ropa y me sujetan por la cintura desnuda,

que se burlan de mi confusión en la calma de la luz del día y de los prados,
que rechazan impúdicamente los otros sentidos,
ellos sobornaron el tacto para hacer un cambio con él e ir a pacer a las
    lindes de mi cuerpo,
sin consideración, sin respeto por mis fuerzas exhaustas o mi cólera,
llamando al resto del rebaño para que gocen un momento,
luego juntándose todos en un promontorio para atormentarme.

Los centinelas abandonan todas las otras partes de mi cuerpo,
me han dejado desamparado a merced de un merodeador sanguinario,
todos acuden al promontorio para ser testigos y colaborar en contra de mí.

Me han vendido los traidores;
hablo de manera insensata... he perdido el juicio... yo y nadie más que yo
    soy el traidor más grande,
fui el primero en ir al promontorio... mis propias manos me llevaron allí.

¡Tacto malvado! ¿Qué estás haciendo...? Mi aliento se agarra a la garganta.
¡Abre tus compuertas!, eres demasiado para mí.

XXIX

¡Tacto ciego, amoroso y combativo! ¡Tacto enfundado y encapuchado
    de afilados dientes!
¿Tanto te dolió dejarme?

Separación seguida por una rápida llegada... perpetuo pago de un
    préstamo perpetuo,
rico chaparrón de lluvia y recompensa más rica después.

Los retoños prenden y se multiplican... se mantienen cerca del borde
    prolíficos y vitales,
se proyectan paisajes masculinos crecidos y dorados.

XXX

Todas las verdades esperan en todas las cosas,
ni se apresuran a pronunciarse ni se demoran,
no precisan el fórceps obstétrico del cirujano,
lo insignificante es tan importante para mí como lo demás,
¿qué puede ser mayor o menor que un contacto?

La lógica y los sermones jamás convencen,
la humedad de la noche penetra en mi alma con más intensidad.

Sólo lo que por sí mismo se prueba en cada hombre o mujer es verdad,
sólo lo que nadie niega es verdad.

Un minuto y una gota que brota de mí serenan mi cerebro,
creo que los húmedos terrones serán un día amantes y lámparas,
y que el alimento del hombre o de la mujer es un compendio de
	compendios,
y que el sentimiento que los une es una cumbre y una flor,
y que han de ramificarse hasta el infinito, gracias a esta lección, hasta
	hacerse omnífica,
y hasta que todos nos deleiten y nosotros a ellos.

XXXI

Creo que una hoja de hierba no es menos que el trabajo realizado por
	las estrellas,
y que la hormiga es igualmente perfecta, y un grano de arena, y el huevo
	del chochín,
y que la rana de San Antonio es una obra maestra entre las más grandes,
y que las zarzamoras podrían adornar los salones del cielo,
y que la articulación menor de mi mano puede humillar a todas
	las máquinas,
y que la vaca paciendo con la cabeza baja supera a cualquier estatua,

y que el ratón es un milagro capaz de confundir a sextillones de
    incrédulos,
y que yo podría ir todas las tardes de mi vida a ver cómo hierve la tetera y
    prepara galletas de fruta la mujer del granjero.

Siento que en mi ser se dan forma el gneis, el carbón, el musgo de largos
    filamentos, las frutas, los granos y las raíces comestibles,
y que estoy estucado de cuadrúpedos y de pájaros,
y que he superado las formas inferiores por buenas razones,
y que puedo hacerlas venir de nuevo cuando se me antoje.
En vano la timidez o la prisa,
en vano las rocas plutónicas arrojan su antiguo calor para impedir que
    me acerque,
en vano se oculta el mastodonte detrás del polvo de sus huesos,
en vano los objetos se alejan leguas de distancia y toman formas múltiples,
en vano penetra el océano en las cavernas y se ocultan los grandes
    monstruos,
en vano el buitre tiene por morada el cielo,
en vano se desliza la serpiente entre las lianas y los troncos,
en vano el alce busca las hendiduras recónditas del bosque,
en vano el pingüino de afilado pico emigra al norte lejano del Labrador,
los sigo velozmente... trepo al nido en la grieta del peñasco.

XXXII

Creo que podría volver y vivir por un tiempo con los
animales... son tan plácidos y retraídos,
me paro a mirarlos a veces durante medio día.

No sudan ni se quejan de su condición,
no se desvelan por la noche ni lloran por sus pecados,
no me exasperan discutiendo sus deberes para con Dios,
ni uno solo está descontento... ni uno solo enloquecido por la manía
    de tener cosas,

ni uno solo se arrodilla ante otro ni ante los de su especie que vivieran
    hace miles de años,
ni uno solo es respetable o laborioso en toda la tierra.

Me muestran de esta manera su relación conmigo y yo los acepto;
me traen testimonios de mí mismo... me dan claras pruebas de que
    los poseen.

Ignoro dónde han conseguido esos testimonios,
he debido recorrer ese camino innumerables veces y los perdí sin
    darme cuenta,
al ir por delante entonces, ahora y siempre,
al recoger y mostrar más siempre y con rapidez,
al ser infinito, de todas las especies, y ser semejante entre ellos;
sin ser demasiado exigente con quienes se apoderan de mis recuerdos,
eligiendo a uno que va a ser mi amigo, escogiéndolo y yéndome
    fraternalmente con él.

Un semental de gigantesca belleza, fresco y sensible a mis caricias,
cabeza de frente alta y ancha entre las orejas,
patas relucientes y flexibles, cola que barre el suelo,
ojos bien separados y llenos de chispeante malicia... orejas finamente
    cinceladas y que se mueven inquietas.

Se le dilatan las aletas de la nariz... mis talones lo abrazan... sus miembros
    perfectos se estremecen de placer... damos una vuelta rápida
    y regresamos.

Te monto un minuto y luego te abandono, corcel... no necesito tu galope,
    ya que el mío es más rápido,
aunque esté sentado o de pie, voy más rápido que tú.

XXXIII

¡Viento veloz! ¡Espacio! ¡Mi alma! Ahora comprendo
    que es verdad lo que presentía;
lo que presentía cuando holgazaneaba en la hierba,
lo que presentía mientras yacía solo en el lecho... y también mientras
    caminaba por la playa bajo las pálidas estrellas de la mañana.

Me despojo de ataduras y de lastre... viajo... navego... apoyo los codos en
    los surcos del mar,
bordeo las cordilleras... mis palmas abarcan continentes,
camino con la vista.

Junto a las casas cuadrangulares de la ciudad... en cabañas de troncos
    o acampando con leñadores,
por los carriles de las grandes rutas... por el seco barranco y el lecho
    del arroyo,
escardando mi campo de cebollas y las filas de zanahorias y chirivías...
    cruzando sabanas... abriéndome paso por los bosques,
inspeccionando tierras... buscando oro... ciñendo los árboles recién
    comprados,
abrasado hasta los tobillos por la arena ardiente... remolcando mi bote por
    las superficiales aguas del río;
donde la pantera merodea de un lado para otro sobre una rama alta...
    donde el ciervo se vuelve enfurecido contra el cazador,
donde la serpiente cascabel calienta al sol su fláccida largura sobre
    una roca... donde la nutria se alimenta de peces,
donde el caimán de endurecidas escamas duerme junto al pantano,
donde el oso negro busca raíces o miel... donde el castor acaricia el lodo
    con su cola achatada;
por los campos de caña... por los algodonales... por los arrozales de tierra
    baja y húmeda;
por la granja de aleros puntiagudos con su festoneada espuma y finos
    brotes en los canalones;

por los caquis en el oeste... por el maizal de hojas alargadas y el delicado
   lino azulado;
por el trigal, blanco y dorado, susurrando y zumbando allí con el resto,
por el centeno verde oscuro cuando se riza y oscurece bajo la brisa;
escalando montañas... trepando con cautela... agarrándome a las ramas
   bajas y débiles,
caminando por el sendero abierto en la hierba y abriéndome paso entre
   los matorrales;
donde silba la codorniz entre el bosque y el trigal,
donde revolotea el murciélago en el crepúsculo de julio... donde el enorme
   escarabajo de oro se deja caer en la oscuridad;
donde las desgranadoras esperan su momento en el granero,
donde el manantial brota junto a las raíces del árbol añoso y corre hacia
   el prado,
donde está el ganado que espanta las moscas con el estremecimiento
   tembloroso de la piel,
donde la estopilla de los quesos cuelga en la cocina, los morillos a ambos
   lados del hogar y las telarañas caen en festones de las vigas;
donde golpean los martillos de la fragua... donde la prensa hace girar
   sus cilindros;
dondequiera que el corazón humano late con terrible angustia bajo
   las costillas;
donde el globo periforme flota por los aires... flotando yo con él y mirando
   tranquilo hacia abajo;
donde el cesto salvavidas se desliza por la maroma... donde el calor incuba
   los huevos verde pálidos en la arena dentada,
donde la ballena nada con sus crías y nunca las abandona,
donde el vapor arrastra tras de sí su largo penacho de humo,
donde la aleta del tiburón corta el agua como una lasca negra,
donde el bergantín medio quemado es arrastrado por corrientes
   desconocidas,
donde crecen conchas en su cubierta viscosa y los muertos se
   pudren debajo;

donde la bandera de barras y estrellas se lleva a la cabeza de los
    regimientos;

acercándome a Manhattan por la alargada isla,

bajo el Niágara, la catarata cayendo como un velo sobre mi rostro;

en el umbral de una puerta... sobre el apeadero de dura madera en
    el exterior,

en las carreras... o disfrutando de un picnic, un baile o un buen partido
    de beisbol,

en fiestas para hombres con bromas groseras, libertinaje irónico, bailes de
    estilo indio, borracheras y risas,

en el lagar de la sidra, gustando la dulzura de la pulpa morena... sorbiendo
    el jugo con una paja,

en la monda de la manzana, pidiendo besos por cada fruta roja que
    encuentro,

en las reuniones y fiestas en la playa, en tertulias de amigos,

en el desgrane del maíz y en la construcción de casas;

donde el mirlo hace sonar su delicioso gorjeo y parlotea, grita y llora,

donde la parva está en el corral, los tallos secos desparramados y la vaca de
    cría espera en el cobertizo,

donde el toro avanza para hacer su trabajo masculino, el semental cubre
    a la yegua y el gallo pisa a la gallina,

donde pacen las terneras y los gansos pican la comida con sacudidas
    breves;

donde las sombras del ocaso se alargan sobre la ilimitada y solitaria
    pradera,

donde las manadas de búfalos se extienden con lentitud varias millas
    cuadradas, cerca y lejos;

donde brilla el colibrí... donde el cuello del viejo cisne se curva y ondula;

donde la risueña gaviota se escabulle por la orilla batida y ríe con su risa
    casi humana;

donde se alinean las colmenas sobre un banco gris en el jardín medio
    ocultas por las altas hierbas;

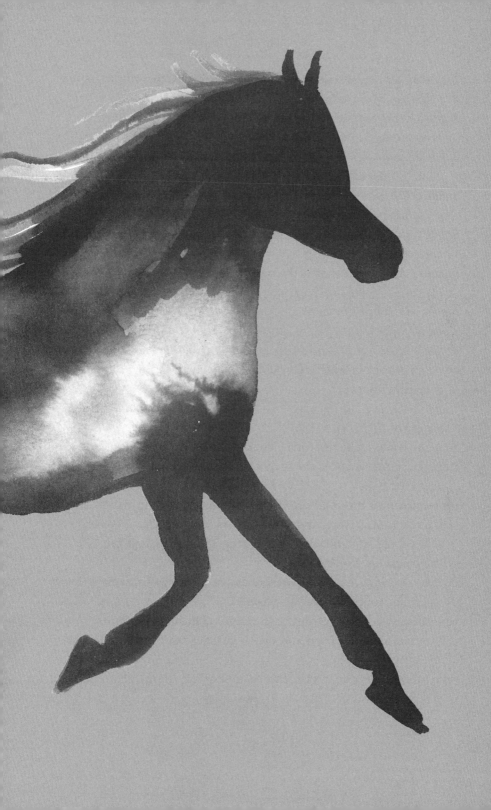

donde las perdices de cuello rayado descansan en círculo en el suelo con
las cabezas hacia afuera;

donde los coches fúnebres pasan bajo las arqueadas puertas de un
cementerio;

donde los lobos del invierno aúllan entre soledades de nieve y árboles
cubiertos de carámbanos;

donde la garza de cresta amarilla se acerca de noche al borde del pantano
y se alimenta de pequeños cangrejos;

donde las salpicaduras de los que nadan y se zambullen refrescan el cálido
mediodía;

donde el grillo hace sonar su cromático caramillo en el nogal, sobre
el pozo;

por los campos de limoneros y de pepinos con hojas como alambres
de plata,

por las salinas o en el claro de un naranjal… o bajo cónicos abetos,

por el gimnasio… por el bar con las cortinas echadas… por la oficina o la
sala de reuniones;

contento con la gente del país y con los extranjeros… contento con lo nuevo
y con lo viejo,

contento con las mujeres, con la fea tanto como con la hermosa,

contento con la cuáquera que se quita el sombrero y habla con voz
melodiosa,

contento con las melodías primitivas del coro de la iglesia blanqueada,

contento con las fervorosas palabras del sudoroso predicador metodista
o de cualquier predicador… que contempla con seriedad a su
congregación en el campo;

mirando todas las mañanas los escaparates de Broadway… la nariz
aplastada contra los gruesos cristales,

caminando esa misma tarde con la cabeza vuelta hacia las nubes;

mis brazos, derecho e izquierdo, en los costados de dos amigos y yo en
el centro;

regresando a casa con el joven campesino barbudo de mejillas oscuras…
a caballo detrás de él al caer la tarde,

lejos de los campamentos estudiando las huellas de los animales o de
    los mocasines;
junto al catre del hospital, sirviendo limonada al paciente con fiebre,
junto al cadáver en el ataúd cuando todo está en silencio, examinándolo a
    la luz de una vela;
viajando a cada puerto a traficar y en pos de aventuras;
apresurándome con la multitud moderna, tan impaciente y veleidoso
    como cualquiera,
violento con el que odio y dispuesto en mi locura a acuchillarlo;
solitario a medianoche en mi patio, sin pensar en nada desde hace tiempo,
recorriendo las viejas colinas de Judea con el hermoso y dulce dios a
    mi lado;
volando por el espacio... volando por el cielo y las estrellas,
volando entre los siete satélites, el ancho anillo y el diámetro de ochenta
    mil millas,
volando con los meteoros de larga cola... arrojando bolas de fuego como
    el resto,
llevando a la creciente criatura que lleva a su propia madre entera en
    el vientre,[5]
rugiendo, gozando, tramando, amando, amonestando,
ayudando y complaciendo, apareciendo y desapareciendo,
recorro día y noche tales caminos.

Visito los huertos de Dios y examino el producto esférico,
examino los quintillones maduros y examino los quintillones verdes.

Yo vuelo el vuelo del alma fluida y voraz,
mi ruta corre más profunda que el plomo de las sondas.

Me apropio de lo material y de lo inmaterial,
ningún guardián puede pararme, ninguna ley detenerme.

---

5   Se refiere a las fases de la luna.

Anclo mi nave tan sólo un momento,
mis mensajeros navegan sin descanso lejos o me traen sus mensajes.

Salgo a cazar pieles polares y la foca... saltando precipicios con mi
    garrocha de punta de hierro... aferrándome a témpanos azulados
    y quebradizos.

Trepo a la batea del trinquete... entrada la noche tomo asiento en el nido
    del cuervo... navegamos por el mar Ártico... hay suficiente luz,
a través de la clara atmósfera contemplo en redondo la prodigiosa
    belleza,
las enormes masas de hielo me adelantan y yo las adelanto... el paisaje
    es nítido en todas las direcciones,
montañas de cimas blancas apuntan en la lejanía... lanzo mis fantasías
    hacia ellas;
estamos acercándonos a un gran campo de batalla donde vamos
    a batirnos,
atravesamos los colosales puestos avanzados del campamento... pasamos
    con prudencia y pasos sigilosos;
o entramos por los suburbios de una vasta ciudad en ruinas... los bloques
    y la arquitectura derruida sobrepasan a todas las ciudades vivas
    del globo.

Soy un camarada libre... vivaqueo junto a fogatas invasoras.

Echo al novio de la cama y me quedo con la novia,
y la ciño toda la noche a mis muslos y labios.

Mi voz es la voz de la esposa, el chillido en la baranda de la escalera,
suben el cuerpo de mi hombre chorreando y ahogado.

Comprendo los corazones magnánimos de los héroes,
el coraje de hoy y de todos los tiempos;

cómo el patrón vio el naufragio del vapor, sin timón y atestado de gente, y
      la muerte persiguiéndolo por doquier en la tormenta,
cómo mantuvo con firmeza el puesto, sin ceder una pulgada y siguió fiel
      día y noche,
y escribió con grandes letras de tiza en un tablón: «Ánimo, no os
      abandonaremos»;
cómo al fin salvó a los que iban a la deriva,
cómo era el aspecto enflaquecido y de ropa suelta de las mujeres, cuando
      las pasaron a los botes desde las tumbas que las aguardaban,
cómo era el aspecto de los silenciosos niños de rostro envejecido, el de
      los enfermos que había que llevar y el de los hombres sin afeitar
      de labios apretados;
todo esto lo absorbo y me sabe bien... me agrada y lo hago mío,
yo soy el hombre... yo sufrí... estaba allí.

La indiferencia y la serenidad de los mártires,
la madre condenada por bruja y quemada con leña seca mientras sus hijos
      miran;
el esclavo acosado que flaquea en la huida y se apoya en la cerca, jadeante y
      cubierto de sudor,
las punzadas que penetran como agujas sus piernas y cuello,
los perdigones asesinos y las balas,
siento o soy todas estas cosas.

Soy el esclavo perseguido... retrocedo ante los mordiscos de los perros,
se ciernen sobre mí el infierno y la desesperación... disparan una y otra vez
      los tiradores,
me aferro a la baranda de la cerca... la sangre gotea diluida por el sudor de
      la piel,
caigo sobre piedras y matorrales,
los jinetes espolean a sus remisos caballos y me cercan,
llegan sus mofas a mis aturdidos oídos... me golpean con violencia la
      cabeza con sus látigos.

Las agonías son una de mis mudas de ropa;
no pregunto al herido cómo se siente... yo mismo me convierto en
    el herido,
mi herida se vuelve cárdena cuando apoyado en el bastón la miro.
Soy el bombero aplastado y con el esternón roto... las paredes ruinosas me
    sepultaron entre los escombros,
aspiré calor y humo... oí los gritos agudos de mis compañeros,
oí el lejano golpear de sus picos y palas;
han retirado ya las vigas... me levantan con ternura.

Yazgo en el aire de la noche con mi camisa roja... el penetrante silencio es
    por mi causa,
yazgo sin dolor después de todo, exhausto pero no tan desdichado,
blancos y hermosos son los rostros que me rodean... las cabezas desnudas
    de sus cascos,
la muchedumbre arrodillada se desvanece a la luz de las antorchas.

Los ausentes y los muertos resucitan,
se muestran como un cuadrante o se mueven como mis manos... y yo
    mismo soy el reloj.

Soy un viejo artillero y narro el bombardeo de un fuerte... y estoy allí
    de nuevo.

De nuevo el despertar de los tambores... de nuevo el cañón atacante, los
    morteros y obuses,
de nuevo el atacado que responde con sus cañones.

Participo en el combate... todo lo veo y oigo,
los gritos, las injurias y el fragor... los aplausos por los disparos certeros,
la ambulancia pasando lentamente y dejando su reguero de sangre,
los zapadores en busca de los desperfectos para hacer las reparaciones
    indispensables,

la caída de las granadas por el techo... la explosión en forma de abanico,
el zumbido de miembros, cabezas, piedra, madera y hierro por los aires.

De nuevo borbotea la boca de mi general que agoniza... agita furiosamente
la mano,
jadea entre coágulos... «No se ocupen de mí... defended... las trincheras».

XXXIV

No cuento la caída de El Álamo... nadie escapó para contar la caída de
El Álamo,
los ciento cincuenta siguen mudos en El Álamo.

Escucha ahora la historia de un amanecer negro como el azabache,
escucha la historia de la muerte a sangre fría de los cuatrocientos doce
muchachos.

En la retirada se habían alineado en una concavidad cuadrada con su
bagaje por parapeto,
novecientas vidas del enemigo que los rodeaba, nueve veces su número fue
el precio que se cobraron por adelantado,
herido el coronel y agotadas las municiones,
intentaron una honrosa capitulación, recibieron las condiciones por
escrito y selladas, entregaron las armas y marcharon como prisioneros
de guerra.

Eran la gloria de la estirpe de los *rangers,*
incomparables con el caballo, el rifle, la canción, la comida o el cortejo,
grandes, turbulentos, bravos, hermosos, generosos, altivos y afectuosos,
barbudos, curtidos por el sol, vestidos con el traje libre de los cazadores,
ninguno con más de treinta años.

Al segundo domingo por la mañana los sacaron en pelotones y los
masacraron... era el principio de un hermoso verano,

el trabajo comenzó alrededor de las cinco y terminó sobre
   las ocho.

Ninguno obedeció la orden de arrodillarse,
algunos hicieron un loco e inútil conato de lucha... otros permanecieron
   en pie, erguidos e impávidos,
algunos cayeron en seguida, alcanzados en la sien o en el corazón...
   los vivos y los muertos yacían juntos,
los mutilados y destrozados se revolcaban en el barro... los recién llegados
   los vieron allí;
algunos medio muertos intentaban salir arrastrándose,
los remataban con las bayonetas o los pegaban con las culatas de los fusiles;
un joven de apenas diecisiete años se aferró a su asesino hasta que otros
   dos vinieron a liberarlo,
los tres quedaron desgarrados y cubiertos con la sangre del joven.

A las once comenzó la quema de los cadáveres;
y ésta es la historia del asesinato de los cuatrocientos doce jóvenes,
y eso fue un amanecer negro como el azabache.

XXXV

¿Habéis leído en los libros del mar la antigua batalla de las fragatas?
¿Sabéis quién fue el vencedor a la luz de la luna y de las estrellas?[6]

Nuestro enemigo no era un cobarde en su barco, os lo aseguro,
poseía el coraje de los ingleses, y nadie hay más duro ni más firme, nunca
   lo hubo ni nunca lo habrá;
se nos acercó al caer la noche, batiéndonos horriblemente.

Nos trabamos con él... se enredaban las jarcias... se tocaban los cañones,
mi capitán las amarró fuerte con sus propias manos.

---

6   John Paul Jones, al mando del Bonhomme Richard, derrotó al barco inglés Serapis el 23 de septiembre
    de 1779.

Habíamos
recibido
algunos disparos de
dieciocho libras bajo la línea de flotación,
en la cubierta inferior dos grandes piezas
habían estallado con el primer fuego, matando a todo
el mundo alrededor y lanzándolos por los aires.

Diez de la noche, la luna llena brillando y las vías de agua en aumento,
    el informe era de cinco pies,
el contramaestre puso en libertad a los prisioneros encerrados en la
    bodega para darles la oportunidad de salvarse.

Los centinelas impedían el paso de ida y vuelta al polvorín,
veían tantas caras nuevas que no sabían en quién confiar.

Nuestra fragata ardía... el enemigo preguntaba si nos rendíamos,
    si arriábamos bandera y terminaba la lucha.

Me reí satisfecho cuando oí la voz de mi pequeño capitán:
«No hemos golpeado todavía —gritó tranquilamente—, apenas hemos
    empezado a pelear».

Sólo nos quedaban tres cañones útiles,
uno dirigido por el capitán en persona contra el palo mayor del enemigo,

los otros dos, bien provistos de metralla, silenciaron la fusilería y
      arrasaron sus cubiertas.

Sólo las cofas secundaban el fuego de esta pequeña batería, especialmente
      la de gavia;
todos resistieron con valor durante el combate.

Ni un solo instante de tregua,
las vías de agua ganaban rápidamente a las bombas... el fuego amenazaba
      el polvorín,
una de las bombas fue destruida... todos creían que nos hundíamos.
El pequeño capitán seguía en pie sereno,
no se apresuraba... su voz no era ni alta ni baja,
sus ojos nos daban más luz que los faroles de combate.

Hacia las doce de la noche, bajo los rayos de la luna, se rindieron.

XXXVI

La medianoche dormía dilatada y tranquila,
    dos grandes cascarones inmóviles sobre el pecho de las tinieblas,
nuestro barco acribillado y hundiéndose lentamente... nos preparamos
      para pasar al barco conquistado,
el capitán en el alcázar dando las órdenes fríamente con la cara blanca
      como una sábana,
a su lado, el cuerpo del niño que le servía en el camarote,
la cara muerta de un viejo marino, de largo pelo blanco y bigotes
      cuidadosamente rizados,
las llamas a pesar de nuestros esfuerzos parpadeando arriba y abajo,
las voces roncas de los dos o tres oficiales todavía aptos para el servicio,
montones informes de cuerpos y más cuerpos solos... jirones de carne en
      los mástiles y vergas,
cordajes rotos y aparejos que cuelgan... ligeras sacudidas de las olas
      apaciguadas,

cañones negros e impresionantes, restos de paquetes de pólvora y el
     penetrante olor,
delicados efluvios de la brisa del mar... olor a pasto y a campos junto a la
     costa... mensajes de muerte transmitidos a los supervivientes,
el silbido del bisturí del cirujano y el crujido de dientes de su sierra,
el jadeo, los sonidos guturales, la salpicadura de la sangre que cae...
     el grito corto y salvaje, el largo gemido monótono que muere poco
     a poco,
estas cosas sucedieron así... irremediables.

XXXVII

¡Dios! ¡Mi locura se está adueñando de mí!

Cuanto el rebelde dijo alegremente mientras ajustaba su garganta al nudo
     corredizo,
cuanto dijo el salvaje ante la tribuna, las cuencas de los ojos vacías, su boca
     vomitando gritos y desafíos,
cuanto hace enmudecer al viajero que se acerca a la cúpula de
     Mount Vernon,
cuanto sosiega al muchacho de Brooklyn mientras contempla las playas
     de Wallabout y recuerda los barcos prisión,
cuanto quemó las encías de los chaquetas rojas en Saratoga mientras él
     rendía sus brigadas,
todas estas cosas las hago mías y yo cada una de ellas, aunque son
     poca cosa,
encarno cuanto quiero.

Encarno cualquier presencia o verdad de la humanidad aquí,
y me veo encarcelado y en la forma de otro hombre,
y siento el dolor sordo e ininterrumpido.

Por mí los carceleros de los convictos se echan la carabina al hombro
     y vigilan,

es a mí a quien dejan salir por la mañana y encierran por la noche.
No hay rebelde que camine esposado a la cárcel con quien yo no vaya
esposado y caminando a su lado,
más que el alegre allí, soy el silencioso con el sudor en mis labios
temblorosos.

No hay un muchacho acusado de robo con quien yo no vaya también y sea
juzgado y condenado.

No hay un enfermo de cólera que exhale el último suspiro con quien yo no
me acueste también y exhale mi último suspiro,
mi rostro es del color de la ceniza, mis tendones están rígidos… la gente se
aparta de mí.

Los mendigos se encarnan en mí y yo me encarno en ellos,
alargo mi sombrero y me siento a pedir avergonzado.

Me alzo en éxtasis por encima de todos y me dejo llevar por la verdadera
gravitación,
el girar y girar es dentro de mí elemental.

XXXVIII

Por una razón u otra me han aturdido. ¡Retroceded!
Dadme un poco de tiempo para olvidar mi cabeza ultrajada, el sopor,
los sueños y el bostezo,
me descubro al borde de un error común.

¡Si pudiera olvidar las burlas y los insultos!
¡Si pudiera olvidar las lágrimas que vierto, los golpes de las porras y de
los martillos!
¡Si pudiera mirar con indiferencia mi propia crucifixión y mi coronación
sangrienta!

Recuerdo... reconstruyo la fracción de tiempo olvidada,
la tumba de piedra multiplica lo que le han confiado a ella... o a no importa
    qué otras tumbas,
los cadáveres se levantan... las heridas se curan... las vendas se
    desprenden.

Avanzo lleno de supremo vigor, uno de tantos de una procesión
    interminable,
andamos los caminos de Ohio y Massachussetts, de Virginia, Wisconsin,
    Nueva York, Nueva Orleans,
Texas, Montreal, San Francisco, Charleston, Savannah y México,
por tierra adentro, por las costas y fronteras... atravesamos todas
    las fronteras.

Nuestros veloces ordenanzas avanzan por todos los caminos
    de la tierra,
las flores que adornan nuestros sombreros son la obra de
    dos mil años.

Discípulos, yo os saludo,
veo la llegada de vuestras innumerables patrullas...
veo que os entendéis y que me entendéis,
y sé que los que tienen ojos son divinos, y que los ciegos y los cojos son
    igualmente divinos,
y que mis pasos avanzan penosamente detrás de los vuestros y sin
    embargo van por delante,
conscientes de cómo me comporto con vosotros igual que con todos
    los demás.

XXXIX

E se salvaje libre y amigable... ¿quién es?
¿Espera la civilización o la ha dejado atrás y la domina?

¿Es del sudoeste, criado al aire libre? ¿Es canadiense?
¿Viene de la región del Misisipi? ¿De Iowa, Oregón o California? ¿De las
montañas? ¿De las praderas o de los bosques? ¿Del mar?

Dondequiera que va, los hombres y las mujeres lo aceptan y lo desean,
desean que los quiera, los toque, les hable y se quede con ellos.

Conducta desordenada como los copos de nieve... palabras sencillas como
la hierba... pelo revuelto, risa e ingenuidad;
pies de andar lento y facciones corrientes, emanaciones y costumbres
sencillas,
todo ello desciende de las yemas de sus dedos con nuevas formas,
todo ello flota en el aire con el olor de su cuerpo o de su aliento... todo ello
sale de la mirada de sus ojos.

XL

Sol jactancioso, no necesito tu calor... desaparece,
tú sólo iluminas superficies... yo fuerzo las superficies y también
las profundidades.

¡Tierra!, pareces esperar a que yo te dé algo,
¡dime, vieja encrestada!,[7] ¿qué quieres?

¡Hombre o mujer! Podría decirte cuánto te quiero, pero no puedo,
y podría decir lo que hay en mí y lo que hay en ti, pero no puedo,
y podría decir los desfallecimientos que siento... el pulso de mis noches
y días.

Ved que no doy lecciones ni limosnas,
lo que doy, lo doy por entero de mí mismo.

---

7   Humorísticamente compara la Tierra a una india con un mechón de pelo en la cabeza.

Eh, tú, impotente y débil de rodillas, abre esa boca que cubres con una
     venda para que yo te insufle energía,
extiende las palmas y levanta las solapas de tus bolsillos,
no admito que me rechacen... yo obligo... me sobran las riquezas,
y todo lo que tengo lo doy.

No pregunto quién eres... eso no me importa,
no puedes hacer ni ser nada excepto lo que yo quiera.

Me inclino ante el esclavo de los algodonales o ante el que limpia las
     cloacas... le beso familiarmente la mejilla derecha,
y juro por mi alma que nunca lo negaré.

En las mujeres aptas para concebir engendro niños más robustos y fuertes,
en este día arrojo la semilla de repúblicas mucho más arrogantes.
Donde alguien muere... allí corro y hago girar el pomo de la puerta,
echo la ropa a los pies de la cama,
despido al médico y al sacerdote.

Cojo al hombre que se hunde... y lo levanto con voluntad irresistible.

Oh, desesperado, aquí tienes mi cuello,
¡por Dios, no dejaré que te hundas! Cuelga sobre mí todo tu peso.

Te dilato con un aliento tremendo... te saco a flote;
lleno cada habitación de la casa de una fuerza armada... amantes míos,
     burladores de tumbas.
¡Duerme!, ellos y yo velaremos toda la noche;
ni la duda ni la enfermedad se atreverán a ponerte un solo dedo encima,
te he abrazado y desde ahora serás mío,
y cuando te levantes por la mañana hallarás que lo que te digo es verdad.

XLI

Soy aquél que ayuda a los enfermos que jadean tendidos de espaldas,
el que trae una ayuda todavía más necesaria a los hombres fuertes
y erguidos.
He oído cuanto se ha dicho del universo,
lo vengo oyendo desde hace miles de años;
no está mal del todo considerando las cosas... pero ¿es eso todo?
Vengo a ampliar y a aplicar,
pujando desde el principio más alto que los viejos y cautelosos vendedores,
lo más que ofrecen por la humanidad y la eternidad es menos que un
chorrito de mi propio semen,
tomo las medidas exactas de Jehová y las guardo,
litografío a Cronos, a Zeus su hijo y a Hércules su nieto,
compro dibujos de Osiris, de Isis, de Belo,[8] de Brahma y de Adonis,
coloco en mi cartera a Manitú,[9] destacado, a Alá en una hoja y el grabado
del crucifijo,
con Odín y Mexitli,[10] de horrendo rostro, y a todos los ídolos e imágenes,
honestamente aceptándolos por lo que valen y ni un centavo más,
reconociendo que han estado vivos y que hicieron su labor en su día,
reconociendo que aportaron migajas como para pájaros en plumón que
tienen ahora que alzar el vuelo y cantar por sí mismos,
aceptando estos toscos bosquejos divinos que ahora he de completar en
mi persona... para repartirlos con largueza a cada hombre y mujer
que veo,
descubriendo tanto o más en un constructor que monta una casa
de madera,
exigiendo mayores derechos para él allí, con la camisa remangada,
mientras maneja el mazo y el cincel;

---

8   Hijo de Poseidón.
9   Término de las tribus algonquinas que simboliza el espíritu o la fuerza de la naturaleza.
10 Diosa india de la luna.

sin desdeñar revelaciones especiales... pero considerando una voluta
   de humo o un pelo en el dorso de mi mano tan prodigiosos como
   cualquier revelación;
aquéllos que manejan las bombas de incendios y las escaleras de cuerdas
   son para mí más que los dioses de las antiguas guerras,
atento al tronar de sus voces ante el fragor de la destrucción,
sus musculosos miembros pasando sin sufrir daño sobre las vigas
   incendiadas... sus blancas frentes surgiendo enteras e intactas de
   las llamas;
junto a la mujer del mecánico que da el pecho al bebé intercediendo por
   todos los nacidos;
en la cosecha, tres guadañas silbando en fila, manejadas por tres ángeles
   lozanos con la camisa suelta;
el mozo de cuadra pelirrojo y de dientes desiguales, expiando sus pecados
   pasados y por venir,
vendiendo todo lo que tiene y viajando a pie para pagar a los abogados de
   su hermano y sentarse con él mientras lo acusan de falsificación;
lo que cubría el más amplio espacio recubre la superficie de cinco mil
   metros a mi alrededor y ni siquiera los llena;
el toro y el escarabajo nunca adorados lo bastante, el estiércol y el lodo más
   admirables de lo que se ha soñado,
lo sobrenatural sin importancia... yo mismo esperando mi hora para ser
   uno de los inmortales,
se acerca el día en el que haré tanto bien como los mejores y seré tan
   prodigioso,
adivinando que cuando lo sea no me va a halagar mucho el incienso del
   público o de la imprenta;
¡por mis protuberancias[11] vitales, me estoy convirtiendo en un creador!
¡Penetrando aquí y ahora en la emboscada matriz de las sombras!

---

11 Referencia humorística a la frenología.

XLII

. . . Un grito en medio de la multitud,
mi propia voz, sonora, arrolladora y definitiva.

Venid, hijos míos,
venid, mis muchachos y muchachas, mis mujeres, parientes y amigos
　íntimos,
el músico muestra ahora su nervio... ha practicado el preludio en sus
　flautas interiores.

¡Acordes fácilmente escritos con ágiles dedos! Siento la resonancia de su
　clímax y de su final.

Mi cabeza gira sobre mi cuello,
resuena la música, pero no de órgano... la gente me rodea, pero no
　los conozco.

Siempre la tierra dura y resistente,
siempre los comilones y bebedores... siempre el sol naciente y poniente...
　siempre el aire y las continuas mareas.
Siempre yo y mis vecinos, amables, perversos y reales,
siempre la vieja pregunta sin respuesta... siempre esa espina en el pulgar,
　ese aliento de envidias y de sed,
¡siempre la burla del chismoso!, hasta que descubrimos dónde se oculta el
　astuto y lo forzamos a salir;
siempre el amor... siempre el sollozante fluir de la vida,
siempre el vendaje bajo la barbilla... siempre el caballete de la muerte.

Por todas partes los que caminan con monedas en los ojos,
para aplacar la voracidad del vientre, se alimentan libremente del cerebro,
toman, compran o venden entradas, pero ni una sola vez van a la fiesta;
son muchos los que sudan, aran, trillan y reciben luego la paja en pago,

y son pocos los que poseen, no hacen nada y reclaman continuamente
    el trigo.

Ésta es la ciudad... y yo soy uno de los ciudadanos;
todo lo que interesa a los demás me interesa: la política, la iglesia,
    la prensa y las escuelas,
las sociedades de beneficencia, mejoras, bancos, tarifas, vapores, fábricas,
    mercados,
surtidos, tiendas, bienes muebles e inmuebles.

Los lloricas y charlatanes con levita y cuello de pajarita... sé muy bien
    quiénes son... y que no son gusanos ni pulgas,
reconozco los dobles de mí mismo bajo el disfraz de estos labios arañados
    y piernas de alambre.

El más débil y el más
   superficial es inmortal
   conmigo,
lo que hago y digo ellos lo
   harán igualmente,
cada pensamiento que se agita en
   mí, el mismo se agita en ellos.

Conozco perfectamente bien mi
   propio egoísmo,
y conozco mis palabras omnívoras, pero no puedo dejar de decirlas,
y quisiera llevarte, quienquiera que seas, a mi propio nivel.

Mis palabras son palabras que preguntan y hablan de realidad;
este libro impreso y encuadernado... pero, ¿y el impresor y el muchacho
   de la imprenta?
Y la dote y los acuerdos matrimoniales... pero, ¿y el cuerpo y la mente del
   novio y los de la novia?
El panorama del mar... pero, ¿y el mar mismo?
Las fotografías bien tomadas... pero, ¿y tu mujer o tu amigo fuertemente
   apretados en tus brazos?
La flota de buques de pasajeros y todas las mejoras modernas... pero,
   ¿y la astucia y el coraje del almirante?
Los platos, el precio y los muebles..., pero, ¿el huésped y la huésped y
   la mirada de sus ojos?
El cielo allá arriba... pero, ¿y aquí, en la casa de al lado o al otro lado de
   la calle?
Los santos y sabios de la historia... pero, ¿y tú mismo?
Los sermones, las doctrinas y la teología... pero, ¿y el cerebro humano
y lo que llamamos razón, lo que llamamos amor, lo que llamamos vida?

XLIII

No desprecio a vuestros sacerdotes;
    mi fe es la más grande de las fes y la más insignificante,
abarca todos los cultos antiguos y modernos y los que hay entre ellos,
creo que volveré a la tierra de nuevo dentro de cinco mil años,
espero la respuesta de los oráculos... honro a los dioses... saludo al sol,
hago un fetiche de la primera roca o tronco... conjuro con varitas en el
    círculo del obis,[12]
ayudo al lama o al brahmán mientras despabila las lámparas de los ídolos,
bailo todavía por las calles en una procesión fálica... enajenado y austero
    en los bosques, un gimnosofista,[13]
bebo hidromiel en los cráneos... admiro las Shastas y los Vedas... observo
    el Corán,
recorro el teocali[14] manchado con la sangre de la piedra y el cuchillo,
    golpeando el tambor de piel de serpiente,
acepto los Evangelios, acepto a aquél que fue crucificado, sabiendo con
    seguridad que es divino,
me arrodillo en la misa, me pongo de pie cuando rezan, me siento
    pacientemente en un banco,
desvarío y echo espuma por la boca en mi crisis de locura, espero como un
    muerto a que mi espíritu me despierte;
lanzo la mirada al pavimento y a la tierra, y lejos del pavimento y de la tierra,
pertenezco a los que describen el círculo de los círculos.

Formo parte de la banda centrípeta y centrífuga,
me vuelvo y hablo como un hombre que deja encargos antes de emprender
    un viaje.

Escépticos desilusionados, aburridos y rechazados,
frívolos, hoscos, afligidos, airados, atormentados, descorazonados, ateos,

---

12 Brujería de origen africano.

13 Miembro de una secta de filósofos antiguos que iban desnudos.

14 Antiguo templo de México.

os conozco a todos y conozco las preguntas no formuladas,
por experiencia las conozco.

¡Cómo chapotean las aletas de las ballenas!
¡Cómo se contorsionan rápidas como el rayo, con espasmos y chorros
de sangre!

Serenaos, aletas ensangrentadas de los escépticos y de los hoscos y
melancólicos,
ocupo mi puesto entre vosotros tanto como entre los demás;
el pasado os empuja a vosotros y a mí y a todos exactamente de la misma
manera,
el día y la noche son para ti, para mí y para todos,
y lo que aún no ha sido probado y está por venir es para ti, para mí y
para todos.

Yo no sé lo que no ha sido probado y está por venir,
pero sé que es seguro, vital y suficiente.

Cada uno que pasa es tenido en cuenta y cada uno que se detiene es tenido
en cuenta, no hay uno solo a quien le falle.
No puede fallarle al joven que murió y fue enterrado,
ni a la muchacha que murió y fue enterrada a su lado,
ni al niño que se asomó un instante a la puerta y luego se retiró y no se le
volvió a ver,
ni al anciano que ha vivido sin un propósito y que lo siente con más
amargura que la hiel,
ni al tuberculoso del asilo, consumido por el ron y la sífilis,
ni a los innumerables asesinados y náufragos... ni al embrutecido koboo,[15]
tenido por excremento de la humanidad,

---

15 Tribu salvaje.

ni a las actinias que no hacen otra cosa que flotar con la boca abierta para
    que penetre la comida,
ni a cosa alguna de la tierra o del fondo de las tumbas más antiguas de la
    tierra,
ni a cosa alguna de la miríada de esferas, ni a una de las innumerables
    miríadas que las habitan,
ni al presente, ni a la brizna más insignificante que conocemos.

XLIV

Ha llegado la hora de que me explique... pongámonos en pie.

Me despojo de lo conocido... lanzo a todos los hombres y mujeres
    conmigo hacia lo desconocido.

El reloj indica la hora... pero, ¿qué indica la eternidad?

La eternidad yace en pozos sin fondo... sus cangilones ascienden
    sin descanso,
vierten agua y más agua y desaparecen.
Hemos agotado ya trillones de inviernos y de veranos;
quedan trillones y trillones por delante.

Los nacimientos nos han traído riqueza y variedad,
y otros nacimientos nos traerán riqueza y variedad.

No digo que uno es más grande y el otro más pequeño,
aquél que llena su tiempo y lugar es igual a cualquiera.

¿Fue la humanidad criminal o envidiosa contigo,
    hermano o hermana?
Lo siento por ti... no ha sido criminal ni envidiosa conmigo;
todos han sido amables conmigo... no tengo motivos de queja;
¿qué tengo yo que ver con queja alguna?

Soy la cima de las cosas logradas y cierro las cosas por cumplir.

Mis pies tocan la cima de las cimas de la escalera,
en cada peldaño racimos de siglos y mayores racimos entre los peldaños,
todos los de abajo los he recorrido debidamente, y sigo ascendiendo
   y ascendiendo.

Peldaño tras peldaño se inclinan tras de mí los fantasmas,
al fondo veo la enorme Nada inicial, el vapor que surge de la nariz de
   la muerte,
sé que incluso estuve allí... esperaba siempre invisible,
y dormía mientras Dios me llevaba a través de la bruma letárgica,
y no me apresuraba... y no me dañó el fétido carbono.

Se me ha tenido mucho tiempo abrazado con ternura... mucho,
   mucho tiempo.

Inmensa ha sido la preparación de mi ser,
fieles y cariñosos los brazos que me han ayudado.

Ciclos transportaron mi cuna, remando y remando, como alegres
   barqueros,
para darme espacio las estrellas se mantuvieron apartadas en
   sus órbitas,
y enviaron su influencia, para cuidar lo que habría de contenerme.

Antes de que yo naciera de mi madre me guiaron generaciones enteras,
mi embrión nunca estuvo adormecido... nada pudo asfixiarlo;
por él se condensó la nebulosa en un orbe... los lentos y largos estratos se
   acumularon para que reposara en ellos... vastas vegetaciones le dieron
   sustento,
saurios monstruosos lo transportaron en sus bocas y lo depositaron
   delicadamente.

Todas las fuerzas han sido empleadas sin parar para completarme y
deleitarme,
y ahora estoy en este lugar con mi alma.

XLV

¡Oh, tiempo de la juventud! ¡Oh, elasticidad siempre en expansión!
¡Oh, madurez equilibrada, florida y plena!

¡Mis amantes me ahogan!
Oprimen mis labios y se agolpan en los poros de mi piel,
me empujan por las calles y salas de reunión... vienen desnudos a mí,
de noche,
gritan de día ¡eh! desde las rocas del río... se balancean y cantan sobre mi
cabeza,
me llaman por el nombre desde los jardines, los viñedos y la intrincada
maleza,
o mientras nado durante mi baño... o bebo en la bomba de la esquina...
o cuando el telón ha bajado en la ópera... o echo una ojeada a la cara de
una mujer en el tren;
irrumpen en todos los momentos de mi vida,
besan mi cuerpo con besos dulces y balsámicos,
pasando sin ruido puñados de su corazón y dándomelos para que yo los
haga míos.

¡Vejez que asciende espléndida! ¡Gracia inefable de los días finales!

Cada condición no sólo se proclama a sí misma... proclama a la que vendrá
después y saldrá de ella,
y el oscuro silencio proclama tanto como cualquiera.

Abro mi escotilla de noche y contemplo los sistemas que se esparcen por
el espacio,

y todos los que veo, multiplicados hasta donde puedo descifrar, no llegan
 más que hasta los confines de los sistemas más lejanos.

Se extienden más y más,
se expanden sin fin,
más lejos, más lejos, y siempre más lejos.

Mi sol tiene su sol y gira dócilmente a su alrededor,
forma con sus compañeros un grupo que describe un círculo más amplio,
y lo siguen grupos mayores que convierten en puntos insignificantes a los
 más grandes dentro de ellos.

No hay interrupción y nunca podrá haberla;
si yo, tú y los mundos, si todo lo que está debajo o sobre su superficie y toda
 la vida palpable fuéramos reducidos en este momento a una pálida
 bruma flotante, eso a la larga nada importaría,
seguramente nos remontaríamos adonde estamos ahora,
e iríamos seguramente más lejos y luego más y más lejos.

Algunos cuatrillones de eras, algunos octillones de leguas cúbicas no
 ponen en peligro el momento ni lo impacientan,
no son sino partes... el todo no es otra cosa que una parte.

Por más lejos que mires... existe un espacio sin límites más allá,
por más que cuentes... existe un tiempo sin límites antes y después.

Nuestra cita ha sido fijada a la perfección... Dios estará esperando a que
 lleguemos.

XLVI

Sé que me ha tocado en suerte el mejor de los tiempos y espacios, y que
nunca he sido medido y nunca lo seré.

Soy un vagabundo en un viaje perpetuo,
mis señas son un impermeable, buenos zapatos y un bastón cortado en
    el bosque;
ningún amigo mío se relaja en mi silla,
no tengo cátedra ni iglesia ni filosofía;
no llevo a ningún hombre a la mesa, a la biblioteca o a la bolsa,
pero a cada uno de vosotros, hombre o mujer, lo llevo a una cumbre,
mi mano izquierda ciñe tu cintura,
mi derecha señala paisajes de continentes, y un camino claro
    y público.

Ni yo ni nadie puede andar por ti ese camino,
debes andarlo por ti mismo.

No está lejos... está a tu alcance,
tal vez has estado en él desde que naciste sin saberlo,
tal vez está por todas partes, en el mar y en la tierra.

Échate el hatillo al hombro, yo me echaré el mío y apresurémonos;
encontraremos maravillosas ciudades y naciones libres en el camino.

Si te cansas, dame los dos pesos y apoya la palma de tu mano
    en mi cadera,
y a su debido tiempo me devolverás el mismo servicio,
porque emprendida la marcha nunca más descansaremos.

Esta mañana, antes del alba, subí a una colina y contemplé el cielo poblado
    de estrellas,
y le dije a mi espíritu: «Cuando abarquemos esos mundos y el goce y
    conocimiento que encierran, ¿estaremos por fin llenos y satisfechos?».
Y mi espíritu dijo: «No, alcanzamos esa altura para pasarla y continuar
    adelante».

Me preguntas tú también y yo te escucho;
contesto que no te puedo contestar... tú mismo debes encontrar
    la respuesta.

Siéntate un momento, caminante,
aquí tienes galletas para comer y leche para beber,
pero en cuanto duermas y reposes en tan dulce ropa, te daré mi beso de
    despedida y te abriré la puerta para que te vayas.

Demasiado tiempo has soñado
sueños despreciables,
ahora te lavo la legaña de los ojos,
debes acostumbrarte al resplandor de la luz
    y de cada momento de tu vida.

Demasiado tiempo has vadeado
    tímidamente, asido a una tabla junto a
    la orilla,
ahora quiero que seas un nadador intrépido,
ahora quiero que te arrojes en alta mar, que
    reaparezcas y me hagas una señal con la cabeza,
    que grites y agites tus cabellos riendo.

XLVII

Soy el maestro de atletas,
quien expande a mi lado un pecho más ancho que
    el mío demuestra la anchura del mío,
nadie honra más mi estilo que el que aprende en él
    a destruir al maestro.

El muchacho que amo se hace hombre
    no por poderes ajenos, sino por
    derecho propio,

será malvado antes que virtuoso por conformidad o miedo,
amante de su novia, saboreando a gusto su bistec,
el amor no correspondido o el desdén le herirán más que una herida,
será el primero en montar, en pelear, en dar en el blanco, en navegar un
  esquife, en cantar una canción o en tocar el banjo,
preferirá las cicatrices, las caras picadas de viruela a los rostros afeitados y
  a los que se guardan del sol.

Enseño a apartarse de mí, pero, ¿quién puede apartarse de mí?
Te sigo, quienquiera que seas, a partir de ahora;
mis palabras te picarán en los oídos hasta que las entiendas.

No digo estas cosas por un dólar, ni por matar el tiempo mientras espero
  el vapor;
tú hablas tanto como yo... yo no hago más que servirte de lengua,
estaba atada en tu boca... en la mía empieza a soltarse.
Juro que nunca mencionaré el amor o la muerte en el interior de una casa,
y juro que nunca me revelaré, sino a aquél o a aquélla que comparta
  en privado conmigo el aire libre.

Si quieres entenderme llégate a las cumbres o a la orilla del mar,
el mosquito más próximo es una explicación y una gota de agua o el
  movimiento de las olas una clave,
el mazo, el remo y el serrucho secundan mis palabras.

Ninguna habitación cerrada o escuela pueden conversar conmigo,
pero los duros y los niños lo pueden mejor que ellas.

El joven mecánico es el que está más cerca de mí... me conoce bastante bien.
El leñador que coge su hacha y su jarra ha de llevarme con él todo el día,
el joven granjero que ara el campo se alegra al oír mi voz,
en navíos que zarpan, zarpan mis palabras... voy con pescadores y marinos
  y los amo,

mi rostro roza el rostro del cazador cuando se acuesta en su manta,
al cochero que piensa en mí no le importan las sacudidas del carro,
la madre joven y la madre anciana me comprenderán,
la muchacha y la esposa dejan descansar la aguja un momento y olvidan
dónde están,
ellas y todos quisieran volver a pensar en lo que yo les he dicho.

XLVIII

He dicho que el alma no es más que el cuerpo,
y he dicho que el cuerpo no es más que el alma,
y que nada, ni Dios, es más grande para uno que uno mismo,
y que quien camina el octavo de una milla sin amor camina a su propio
funeral, envuelto en su mortaja,
y que tú o yo, sin un centavo en el bolsillo, podemos comprar lo mejor de
la tierra,
y que mirar con un solo ojo o mostrar un guisante en su vaina confunden
la sabiduría de todos los tiempos,
y que no hay oficio ni profesión en los que el joven que los ejerce no pueda
convertirse en un héroe,
y que no hay cosa tan frágil que no pueda servir de eje para las ruedas
del universo,
y que cualquier hombre o mujer permanecerá sereno y arrogante ante
millones de universos.

Y le digo a la humanidad: «No seas curiosa respecto a Dios».
Porque yo que soy curioso en lo que concierne a cada uno no soy curioso
en lo que concierne a Dios,
no hay palabras para expresar hasta qué punto estoy en paz con Dios y
con la muerte.

Escucho y veo a Dios en cada objeto y sin embargo no entiendo a Dios en lo
más mínimo,
no entiendo que pueda existir alguien más admirable que yo mismo.

¿Por qué habría de desear ver a Dios mejor que en este día?
Veo algo de Dios en cada hora de las veinticuatro y en cada segundo
  también,
en los rostros de hombres y mujeres veo a Dios y en mi propio rostro en el
  espejo;
encuentro cartas de Dios dejadas caer en la calle y todas ellas están
  firmadas con el nombre de Dios,
y las dejo donde están porque sé que otras jamás dejarán de llegar
  puntualmente.

XLIX

Y en cuanto a ti, muerte, y a ti, amargo abrazo mortal... es inútil que
  trates de asustarme.

A su trabajo y sin vacilar acude el partero,
veo la mano experta que aprieta, recibe, sostiene,
me inclino sobre el umbral de las exquisitas puertas flexibles... observo la
  salida y observo el alivio y la liberación.

Y en cuanto a ti, cadáver, pienso que eres buen abono, pero eso no me
  ofende,
huelo las blancas rosas de dulces perfumes que se cultivan,
toco las hojas que fueron labios... toco los pechos pulidos de
  los melones.

Y en cuanto a ti, vida, pienso que eres el legado de muchas muertes,
sin duda yo he muerto diez mil veces antes.

Os oigo murmurar allá arriba, estrellas del cielo,
soles... hierba de las tumbas... perpetua transferencia y promociones...
  si vosotros no decís nada, ¿qué puedo decir yo?
Del turbio estanque que yace en el bosque otoñal,
de la luna que se hunde en los precipicios del susurrante crepúsculo,

caed, pavesas del día y del crepúsculo... caed sobre los negros tallos que se
  pudren en el barro,
caed sobre el quejumbroso lamento de las ramas secas.

Asciendo por encima de la luna... asciendo por encima de la noche,
y descubro que el resplandor espectral es reflejo de los rayos solares,
y que desde el vástago grande o pequeño desemboco en la corriente
  permanente y central.

L

Hay eso en mí... no sé lo que es... pero sé que está en mí.

Retorcido y sudoroso... sereno y frío se vuelve luego mi cuerpo;
duermo... duermo largo tiempo.

No lo conozco... no tiene nombre... es una palabra no dicha,
no está en ningún diccionario, expresión o símbolo.

Gira sobre algo que es más que la tierra sobre la que yo giro,
la creación es su amigo cuyo abrazo me despierta.

Quizá podría decir más... ¡Bosquejos! Abogo por mis hermanos
  y hermanas.

¿Lo veis, hermanos y hermanas?
No es el caos ni la muerte... es la forma, la unión y el plan... es la vida
  eterna... es la felicidad.

LI

El pasado y el presente se desvanecen... los he llenado y los he vaciado,
y me dispongo a llenar mi parte de futuro.

¡Tú que me escuchas allá arriba! A ver, ¿qué tienes que confiarme?
Mira mi cara mientras aspiro la luz oblicua de la tarde,

habla con sinceridad, porque nadie más te oye y sólo dispongo de
   un minuto.

¿Me contradigo?
Muy bien, pues... me contradigo;
soy grande... contengo multitudes.

Me dirijo a los que están cerca... espero en el umbral de la puerta.

¿Quién ha concluido su tarea y acabará antes la cena?
¿Quién desea pasear conmigo?

¿Hablarás antes de que yo me vaya? ¿Te decidirás demasiado tarde?

LII

El moteado halcón se abate sobre mí y me acusa... se queja de mi
palabrería y de mi pereza.

También yo soy salvaje... también yo soy intraducible,
hago sonar mi grito bárbaro sobre los tejados del mundo.

La última neblina del día se retrasa por mí,
proyecta mi imagen sobre las otras y, tan verdadera como las otras, sobre
   los desiertos invadidos por la sombra,
me atrae hacia la niebla y la penumbra.
Parto como el aire... agito mis blancos rizos hacia el sol fugitivo,
vierto mi carne en remolinos y la dejo ir a la deriva como jirones de encaje.

Me entrego al barro para renacer de la hierba que amo;
si quieres verme de nuevo, búscame bajo la suela de tus zapatos.

Apenas comprenderás quién soy y lo que significo,
pero seré para ti buena salud sin embargo,
y filtro y fibra para tu sangre.

Si no consigues encontrarme al principio, no te desalientes,
si no me encuentras en un lugar, busca en otro,
estoy en alguna parte esperándote[16]

---

16 La omisión del punto en la edición de 1885 puede ser accidental o intencionada, como se ha sugerido,
    para indicar un eterno retorno.

De
A la deriva

De la cuna que se mece eternamente[*]

De la cuna que se mece eternamente,
   de la garganta del sinsonte, lanzadera musical,
de la medianoche del noveno mes,
sobre las arenas estériles y los campos en lontananza, donde el niño,
   que acaba de dejar el lecho, vagaba solo, con la cabeza descubierta y
   descalzo,
bajo el halo de la lluvia,
sobre el juego místico de las sombras que se entrecruzan y retuercen como
   si estuvieran vivas,
de los terrenos de zarzas y zarzamoras,
de los recuerdos del pájaro que me cantó,
de tus recuerdos, triste hermano, de las espasmódicas subidas y bajadas
   que oí,
bajo aquella media luna amarillenta, salida tarde e hinchada, como con
   lágrimas,
de aquellas notas de deseo y amor, allá en la neblina, de las mil respuestas
   de mi corazón que nunca han de cesar,
de las miríadas de palabras por ello suscitadas,
de la palabra más fuerte y más deliciosa que ninguna,
de ésas que saltan ahora, al visitar de nuevo la escena,
como una bandada de pájaros, trinando, elevándose o pasando por
   encima de mi cabeza,
traído aquí apresuradamente, antes de que todo se me olvide,
ya hombre, pero, por estas lágrimas, niño de nuevo,
que se arroja en la arena y se enfrenta a las olas,
yo, cantor de penas y alegrías, unificador del aquí y del más allá,

---

[*]   Publicado como «Un recuerdo de infancia» en el *Saturday Press* de Nueva York en 1859, fue llamado
   «Una palabra del mar» en las ediciones de 1860 y 1867. El título actual es de la edición de 1871.

recogiendo todas las sugerencias para usarlas, pero saltando deprisa
　　más allá,
canto una reminiscencia.

Cierta vez en Paumanok,[17]
cuando el perfume de las lilas flotaba en el aire y crecía la hierba del
　　quinto mes,
en esta costa, entre las zarzas,
hallé dos huéspedes alados de Alabama, los dos juntos,
y su nido, y cuatro huevos de color verde claro con motas pardas,
y todos los días el macho de acá para allá sin alejarse,
y todos los días la hembra agazapada en el nido, silenciosa y con ojos
　　brillantes,
y todos los días yo, un niño curioso, sin acercarme demasiado,
　　sin perturbarlos,
atisbando cauteloso, absorbiendo, interpretando.

¡Brilla!, ¡brilla!, ¡brilla!
¡Derrama tu calor, gran sol!,
mientras lo tomamos los dos juntos.

¡Los dos juntos!
Que los vientos soplan del sur, o del norte,
que se levanta el día blanco o la noche cae negra,
en el hogar, o separados del hogar por ríos y montañas,
cantamos siempre, sin importarnos el tiempo,
mientras los dos estamos juntos.

Hasta que de pronto,
tal vez muerta, sin saberlo su pareja,
una mañana la hembra no se agazapó en el nido,

17　Nombre indio de Long Island.

ni volvió aquella tarde, ni la siguiente,
ni jamás volvió a aparecer.

Y desde entonces, todo el verano, en medio del ruido del mar,
y por la noche, bajo la luna llena, con el tiempo en calma,
sobre el bronco oleaje del mar,
o revoloteando de rosal en rosal durante el día,
veía y oía a ratos al que quedaba, al macho,
al solitario huésped de Alabama.

¡Soplad!, ¡soplad!, ¡soplad!
Soplad vientos marinos sobre la costa de Paumanok;
yo espero y esperaré hasta que vuestro soplo me devuelva a mi compañera.

Sí, mientras relucían las estrellas,
toda la noche en la punta de una estaca con festones de musgo,
casi en medio de las olas que se entrechocaban,
estaba aperchado el maravilloso cantor solitario que arrancaba lágrimas.

Llamaba a su compañera,
expandía los mensajes que sólo yo de entre todos los hombres conozco.

Sí, hermano mío, los conozco,
los demás quizá no, pero yo he recogido cada nota,
pues más de una vez, deslizándome hasta la playa entre las sombras,
silencioso, evitando los rayos de la luna,
confundiéndome con las sombras,
recordando ahora las formas oscuras, los ecos, los sonidos y toda clase
    de cosas,
agitando sin descanso los blancos brazos en los rompientes,
yo, con los pies descalzos, un niño, el pelo revuelto por el viento,
escuchaba largo, largo tiempo.

Escuchaba para recordar y cantar traduciendo ahora las melodías,
siguiéndote a ti, hermano mío.

¡Calma!, ¡calma!, ¡calma!
Cada ola sigue muy cerca a otra y la calma,
y de nuevo otra detrás la abraza y golpea, muy juntas,
pero mi amor no me calma, no me calma.

Baja cuelga la luna, salió tarde,
se retrasa... ¡Oh! Creo que está grávida de amor, de amor.

¡Oh, el mar se lanza locamente sobre la tierra,
con amor, con amor!

¡Oh, noche! ¿No estoy viendo a mi amor revolotear entre los rompientes?

¿Qué es esa pequeña cosa negra que veo allá en la blancura?

¡Con voz fuerte!, ¡fuerte!, ¡fuerte!
¡Con voz fuerte te llamo, mi amor!

Alta y clara lanzo mi voz sobre las olas,
con seguridad debes saber quién está aquí, está aquí,
debes saber quién soy yo, mi amor.

¡Luna que pendes baja!
¿Qué es esa mancha oscura en tu amarillenta palidez?
¡Oh, es la silueta, la silueta de mi compañera!
¡Oh luna, no la retengas lejos de mí más tiempo!

¡Tierra!, ¡tierra! ¡Oh, tierra!
A cualquier lado que vuelvo la cabeza, oh, creo que podrías devolverme de
    nuevo a mi compañera si quisieras,

porque casi estoy seguro de que la vislumbro por dondequiera
   que miro.

¡Oh, estrellas que ascendéis!
Quizá aquélla a la que tanto deseo va a ascender,
ascender con alguna de vosotras.

¡Oh, garganta! ¡Oh, temblorosa garganta!
¡Suena con más claridad por la atmósfera!
Traspasa los bosques, la tierra,
en alguna parte, a la escucha para dar contigo, debe estar la que
   yo quiero.

¡Vibrad, canciones!
¡Solitarias aquí, canciones de la noche!
¡Canciones del amor perdido!, ¡canciones de muerte!
¡Canciones bajo esa luna rezagada, amarillenta y menguante!
¡Oh, bajo esa luna que se tumba casi sobre el mar!
¡Oh, canciones de locura y desesperación!

¡Pero con suavidad!, ¡húndete baja!
¡Con suavidad!, permíteme tan sólo murmurar,
y tú espera un momento, tú mar de voz ronca,
porque me ha parecido oír por alguna parte que mi compañera respondía,
tan débilmente... es preciso que me calle, que me calle para escuchar,
pero no del todo, porque ella entonces podría no venir a mí
   inmediatamente.

¡Aquí, mi amor!
¡Aquí estoy!, ¡aquí!
Con esta nota apenas sostenida me anuncio a ti,
esta dulce llamada es para ti, mi amor, para ti.

No te dejes seducir en otra parte,
eso es el silbido del viento, no mi voz,
ésa es la agitación, la agitación de la espuma,
aquéllas son las sombras de las hojas.

¡Oh, tinieblas! ¡Oh, en vano!
Oh, me siento muy enfermo y triste.

¡Oh, lado oscuro en el cielo, cercano a la luna, que cae sobre el mar!

¡Oh, reflejo agitado en el mar!
¡Oh, garganta! ¡Oh, corazón palpitante!
Y yo cantando inútilmente, inútilmente toda la noche.

¡Oh, tiempo pasado! ¡Oh, vida feliz! ¡Oh, cantos de alegría!
En el aire, en los bosques, sobre los campos,
¡amada!, ¡amada!, ¡amada!, ¡amada!, ¡amada!
¡Pero nunca más mi compañera, nunca más conmigo!
Los dos juntos nunca más.

El aria muere,
todo lo demás continúa, las estrellas brillan,
los vientos soplan, haciendo eco continuo de las notas del pájaro,
con gemidos coléricos, la vieja madre feroz gime incansable,
sobre las arenas grises y susurrantes de la playa de Paumanok,
la media luna amarillenta y agrandada se desploma y se deja caer casi
    tocando el rostro del mar,
el muchacho en éxtasis, las olas jugando con sus pies desnudos y la
    atmósfera con su pelo,
el amor largo tiempo encerrado en su corazón, ahora liberado, explota al
    fin tumultuosamente,
sus oídos y su alma registran con rapidez el mensaje del aria,
lágrimas extrañas corren por sus mejillas,

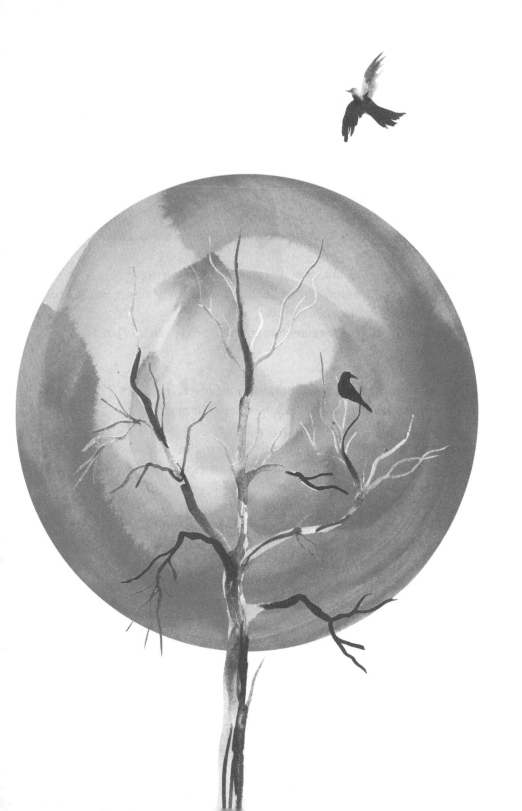

el coloquio allí, el trío y cada uno hablando,
en voz baja, la vieja madre feroz llorando incansable,
anticipándose malhumorada a las preguntas del alma del muchacho,
    murmurando un secreto ahogado,
al bardo que empieza su andadura.

¡Demonio o pájaro! —decía el alma del muchacho—,
¿es a tu compañera a quien cantas o me cantas a mí?
Porque yo, que era un niño, con el uso de mi lengua dormido, ahora te
    he oído,
ahora, en este momento, sé cuál es mi destino, despierto,
y ya un millar de cantores, un millar de canciones, más claras, más fuertes,
    y más melancólicas que las tuyas,
un millar de ecos gorgojeantes han empezado a vivir en mí y jamás
    morirán.

Oh, tú, cantor solitario que cantas solo y me proyectas,
oh, solitario de mí que escucho, nunca dejaré de perpetuarte,
nunca más he de escapar, nunca más los ecos,
nunca más los gritos de amor insatisfecho estarán ausentes de mí,
nunca consientas que vuelva a ser el niño sin inquietudes que era antes de
    aquella noche,
junto al mar, bajo la luna que colgaba amarillenta,
donde el mensajero se despertó, el fuego, el dulce infierno en mí,
el anhelo desconocido, mi destino.

¡Oh, dadme la clave! Se esconde en la noche, aquí, en alguna parte,
¡oh, si he de tener tanto, dejadme tener más!

Una palabra al menos, pues he de conquistarla,
la palabra última, superior a todas,
sutil, enviada a mí. ¿Cuál es? Escucho;

¿me la estáis susurrando o la habéis estado susurrando todo el tiempo,
    vosotras, las olas?
¿Es ésa que nace de vuestras orillas líquidas, de vuestras arenas húmedas?

A lo que el mar, en respuesta,
sin demorarse, sin apresurarse,
me respondió con un susurro en medio de la noche, y muy claro antes
    del alba,
me balbuceó muy bajo la deliciosa palabra «muerte»,
y de nuevo «muerte», «muerte», «muerte», «muerte»,
silbando melodioso, no como el pájaro ni como mi corazón de niño sacado
    del sueño,
sino acercándose a mí como para una confidencia y susurrando a mis pies,
trepando desde allá poco a poco hasta mis oídos y bañándome dulcemente
    por completo:
«muerte», «muerte», «muerte», «muerte», «muerte».

Palabra que no olvido,
pues mezclo la canción de mi demonio sombrío y hermano,
la que me cantaba a la luz de la luna en la playa gris de Paumanok,
con los millares de canciones que responden al azar,
mis propias canciones surgidas en mí a partir de esa hora,
y con ellas la clave, la palabra que saliera de las olas,
la palabra de la más dulce canción y de todas las canciones,
esa palabra fuerte y deliciosa que, trepando a mis pies
(o como una vieja nodriza que balancea la cuna,
cubierta de dulces ropas, y se inclina a un lado),
el mar me susurró.

De
Hijos de Adán

Hacia el jardín, el mundo

Hacia el jardín, el mundo progresa de nuevo,
preludia potentes parejas, hijos e hijas,
el amor, la vida de sus cuerpos, su significado y ser,
cosa curiosa, ved aquí mi resurrección después de un largo sueño.
Los ciclos que giran en sus vastas órbitas me han traído de nuevo,
amoroso, maduro, todo es hermoso a mis ojos, todo es maravilloso;
mis miembros, y el fuego tembloroso que sin cesar y por una razón u otra
    los recorre, son lo más maravilloso;
existo, atisbo y penetro todavía,
satisfecho con el presente, satisfecho con el pasado,
a mi lado o detrás, Eva me sigue,
o me precede, y yo la sigo igualmente.

Una mujer me espera

Una mujer me espera, lo contiene todo, nada le falta,
    y sin embargo todo faltaría si faltara el sexo o si faltara la humedad
    del hombre idóneo.

El sexo lo contiene todo:
cuerpos, almas, significados, pruebas, purezas, delicadezas, resultados,
    proclamas,
canciones, órdenes, salud, orgullo, el misterio de la maternidad, la leche
    seminal,
todas las esperanzas, favores, dones;
todas las pasiones, amores, bellezas, goces de la tierra,

117

todos los gobiernos, jueces, dioses, caudillos de la tierra,
todo eso está contenido en el sexo, como parte suya y su razón de ser.

Sin rubor, el hombre que amo sabe y pregona las delicias de su sexo,
sin rubor, la mujer que amo sabe y pregona las del suyo.
¡Oh, conseguiré magníficas razas de niños todavía!
Me apartaré de mujeres indiferentes,
me uniré con la que me espera y con aquellas mujeres de sangre caliente
    que me satisfacen;
veo que me entienden y que no me niegan,
veo que son dignas de mí, seré el robusto marido de esas mujeres.

Ellas no son un ápice menos que yo,
sus rostros están curtidos por soles radiantes y vientos impetuosos,
su carne tiene la divina flexibilidad y fuerza de otros tiempos,
saben nadar, remar, montar a caballo, luchar, disparar,
correr, golpear, retroceder, avanzar, resistir, defenderse,
se bastan a sí mismas, son tranquilas, claras,
perfectamente dueñas de sí mismas.

¡Os abrazo fuerte, mujeres! No puedo dejaros partir, os haré bien,
estoy hecho para vosotras y vosotras para mí, no sólo por nuestro bien sino
    por el de los demás;
cubiertos por vosotras duermen grandes héroes y poetas,
rehúsan despertar al contacto de cualquier hombre que no sea yo.

Soy yo, mujeres, me abro paso,
soy severo, rudo, grande, obstinado, pero os amo,
no os hago más daño que el necesario,
derramo la sustancia de la que saldrán hijos e hijas dignos de estos
    estados, aprieto con músculo lento y rudo,
me trabo con eficacia, no hago caso de súplicas,

no me atrevo a retirarme hasta que no deposite lo que durante tanto
    tiempo se ha acumulado en mí.

Por vosotras agoto los ríos aprisionados en mi ser,
en vosotras envuelvo un millar de años por venir,
en vosotras injerto los injertos más preciados de mí y de América,
de las gotas que destilo en vosotras crecerán muchachas bravas y atléticas,
    nuevos artistas, músicos y cantantes,
los hijos que engendro en vosotras engendrarán hijos e hijas a su vez,
exigiré hombres y mujeres perfectos de mis trabajos amorosos,
espero que ellos se interpenetrarán con otros, como yo y vosotras nos
    interpenetramos ahora,
cuento con los frutos de sus aguaceros impetuosos, como cuento con los
    frutos de los aguaceros impetuosos que yo emito ahora,
buscaré las amorosas cosechas del nacimiento, vida, muerte e
    inmortalidad, que tan amorosamente siembro ahora.

De
Cálamo

En senderos no transitados

En senderos no transitados,
  entre la vegetación a orillas de charcas estancadas,
fugitivo de la vida ostentosa,
de todos los valores proclamados hasta aquí, de los placeres, ganancias,
    convenciones,
que demasiado tiempo he ofrecido como alimento a mi alma;
ahora tengo claros los valores no proclamados todavía, tengo claro que
    mi alma,
que el alma del hombre, por el que hablo, se alimenta y regocija sólo
    con camaradas;
aquí, solo y lejos del bullicio del mundo,
en armonía con las lenguas aromáticas que aquí me hablan,
ya sin rubor, porque en este apartado lugar puedo comportarme como no
    me atrevería a hacerlo en parte alguna,
dominado por la vida que no se exhibe, y que sin embargo contiene todo
    lo demás,
decidido a no cantar hoy más canciones que las del afecto viril,
proyectándolas a lo largo de esta vida esencial,
    ofreciendo, a partir de aquí, formas de
    amor atlético, en la tarde de este
    delicioso septiembre de mis
    cuarenta y un años,
procedo, a todos los que son o han
    sido hombres jóvenes,
a revelarles los secretos de mis
    noches y mis días,
a celebrar la necesidad
    de camaradas.

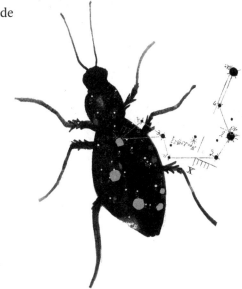

Vi una encina que crecía
en Luisiana

Vi una encina que crecía en Luisiana,
   se erguía solitaria y el musgo colgaba de sus ramas,
crecía allí sin ningún compañero, echando alegres hojas de un verde
   oscuro,
y su aspecto rudo, inflexible, robusto, me hizo pensar en mí mismo,
pero me preguntaba cómo podía echar hojas alegres, erguida allí sola,
   sin su amigo, su amante cerca, porque sabía que yo no podría,
y rompí una rama con cierto número de hojas y enredé en ella un poco
   de musgo,
y me la llevé, y la he colocado en lugar visible en mi habitación,
no la necesito para que me recuerde a mis amigos queridos
(pues creo que últimamente no pienso en otra cosa que en ellos),
y sin embargo sigue siendo para mí un recuerdo curioso, me hace pensar
   en el amor viril;
a pesar de ello, y aunque la encina resplandece allá en Luisiana, solitaria
   en medio de una vasta llanura,
echando alegres hojas toda su vida sin un amigo, un amante cerca,
sé muy bien que yo no podría.

Nosotros, dos muchachos, siempre unidos[*]

Nosotros, dos muchachos, siempre unidos,
     sin separarnos nunca el uno del otro,
recorremos los caminos de arriba abajo, hacemos excursiones por el Norte
     y el Sur,
disfrutamos de nuestra fuerza, estiramos los brazos, cerramos los puños,
armados y audaces, comemos, bebemos, dormimos, amamos,
a ninguna ley nos debemos más que a la nuestra, navegamos,
     fanfarroneamos, robamos, amenazamos,
asustamos a los avaros, a los criados, a los sacerdotes, respiramos aire,
     bebemos agua, bailamos sobre el césped o en la playa,
cantamos con los pájaros, nadamos con los peces, echamos ramas y hojas
     con los árboles,
inquietamos a las ciudades, despreciamos la comodidad, nos burlamos de
     las estatuas, perseguimos la debilidad,
colmamos nuestras correrías.

---

[*] En una versión manuscrita, Whitman tituló este poema «Razzia» en el sentido de «incursión destructiva de pillaje», sin duda una descripción mucho más precisa de su contenido que el título actual, que resulta bastante sentimental.

De Recuerdos del presidente Lincoln

La última vez que florecieron las lilas en el jardín

I

La última vez que florecieron las lilas en el jardín
y la gran estrella declinaba en el cielo nocturno de occidente
lloré, y he de llorar todavía con la eterna primavera.

Primavera que siempre retornas, me traes una segura trinidad,[18]
las lilas en flor perenne, la estrella que declina en occidente, y el recuerdo
   de aquél que amo.

II

¡Oh, poderosa estrella caída de occidente!
   ¡Oh, sombras de la noche! ¡Oh, noche triste y melancólica!
¡Oh, gran estrella desaparecida! ¡Oh, tenebrosa oscuridad que ocultas
   la estrella!

¡Oh, manos crueles que me reducen a la impotencia! ¡Oh, alma mía
   desvalida!
Oh, implacable nube que me rodeas y no quieres liberar mi alma.

III

En el jardín, frente a una vieja granja, cerca de la valla
   blanqueada,
se yergue un alto matorral de lilas, con las hojas en forma de corazón
   de un verde intenso,
con muchas flores puntiagudas que ascienden delicadamente, con ese
   perfume penetrante que amo,

---

18 Los tres símbolos básicos del poema: lila, estrella (Venus) y pájaro (zorzal).

cada hoja un milagro, y de este arbusto del jardín,
con flores de delicados colores y hojas en forma de corazón de un verde
   intenso,
una rama con su flor arranco.

IV

En el pantano, en rincones solitarios,
un pájaro tímido y oculto gorjea una canción.

El zorzal solitario,
el ermitaño retraído, que evita los poblados,
canta solitario una canción.

Canción de la garganta que sangra,
canción de la vida que se prolonga en la muerte (lo sé bien, querido
   hermano,
pues si no pudieras cantar, seguramente morirías).

V

Sobre el seno de la primavera, a través del país, entre las ciudades,
entre los caminos y los viejos bosques, donde acaban de brotar las
   violetas del suelo, coloreando la hojarasca gris,
entre la hierba de los campos que bordea los caminos, atravesando la
   hierba interminable,
cruzando los trigos de espiga amarillenta, cada grano emergido de su
   sudario en los campos brunos,
cruzando las filas de los manzanos de flor blanca y rosa de los huertos,
llevando un cadáver a la tumba donde va a descansar, noche y día viaja
   un ataúd.[19]

---

19   El ataúd de Lincoln fue llevado por ferrocarril desde Washington a Springfield (Illinois).

VI

Ataúd que pasas por caminos y calles,
de día y de noche con la nube inmensa que ensombrece la tierra,
con la pompa de las banderas festoneadas, con las ciudades enlutadas,
con el espectáculo de los estados mismos, como mujeres en pie con velos
    de crespón,
con largos y sinuosos cortejos y las antorchas de la noche,
con innumerables teas encendidas, con el mar silencioso de rostros y
    cabezas descubiertas,
con la estación que espera, el ataúd que llega y los rostros sombríos,
con himnos fúnebres toda la noche, con miles de voces que se elevan
    fuertes y solemnes,
con todas las voces afligidas de los himnos fúnebres que se vierten en
    torno al ataúd,
las iglesias en penumbra y los órganos estremeciéndose, por entre los
    que viajas,
con el tañido perpetuo de las campanas que doblan,
aquí, ataúd que pasas lentamente,
te doy mi rama de lilas.

VII

(No únicamente para ti ni para uno solo,
traigo flores y ramas verdes para todos los ataúdes,
porque fresca como la mañana es como quisiera
cantarte una canción a ti, oh, muerte, sana y sagrada.

Por todas partes ramilletes de rosas,
oh, muerte, te cubro por entero de rosas y lilas tempranas,
pero ante todo de lilas, que florecen primero,
las cojo en abundancia, arranco las ramas de los arbustos,
las traigo a brazadas y las vierto sobre ti,
sobre ti y sobre todos los ataúdes, oh, muerte.)

VIII

Oh, astro de occidente que navegas por el cielo,
ahora sé qué querías decirme cuando hace un mes yo
me paseaba,
cuando paseaba en silencio en la noche transparente y sombría,
cuando vi que tenías algo que decirme al inclinarte hacia mí, noche
tras noche,
cuando descendías del cielo tan bajo como si quisieras estar a mi lado
(mientras todas las otras estrellas nos miraban),
cuando vagábamos juntos en la noche solemne (pues algo, ignoro el qué,
me impedía dormir),
cuando avanzaba la noche y vi en los lindes del oeste cómo te agobiaba
el dolor,
cuando estaba de pie en un altozano, en la brisa, en la noche fresca y
transparente,
cuando te vi pasar y perderte en los abismos negros de la noche,
cuando mi alma en su tribulación se hundió desilusionada, por donde
tú, triste astro,
acabado el curso, hundido en la noche, desaparecías.

IX

Canta sin cesar en el pantano,
oh, cantor tímido y tierno, oigo tus notas, oigo tu llamada,
las oigo, acudo de inmediato, te entiendo,
pero tardo un poco, porque la brillante estrella me ha detenido,
la estrella, mi camarada que se marcha, me demora y detiene.

X

Oh, ¿cómo cantaré por el muerto que amaba?
¿Cómo engalanaré mi canto por esta alma grande y dulce que
se ha ido?
¿Y qué perfume llevaré a la tumba del que amo?

Vientos del mar que soplan del este y del oeste,
que soplan del mar oriental y del mar occidental, hasta encontrarse allá en
    las praderas,
con todos ellos y el aliento de mi canto
perfumaré la tumba del que amo.

XI

Oh, ¿qué colgaré de las paredes de la habitación?
¿Qué cuadros serán los que ponga en las paredes,
para adornar el sepulcro del que amo?

Cuadros de la naciente primavera, de granjas y casas,
con la tarde del cuarto mes, a la puesta del sol, y el humo gris, transparente
    y brillante,
con raudales de oro amarillo del sol poniente, magnífico e indolente, que
    enciende el aire y lo expande,
con la hierba fresca y olorosa bajo mis pies, y las hojas verde pálido de los
    árboles prolíficos,
en la lejanía ese brillante fluido, el pecho del río, con rachas de viento aquí
    y allá,
con colinas alineadas en las riberas, con muchas líneas destacándose del
    cielo y de las sombras,
y la ciudad cercana, tan densa de viviendas y chimeneas,
y todas las escenas de la vida y los talleres y los trabajadores regresando a
    sus hogares.

XII

Mirad, cuerpo y alma, este país,
mi querido Manhattan con sus agujas, sus mareas deslumbrantes e
    impetuosas y sus barcos,
un país amplio y variado, el norte y el sur iluminados, las riberas del Ohio y
    el resplandeciente Misuri,
y hacia el infinito, las inmensas praderas, cubiertas de hierba y de maíz.

Mirad el sol incomparable, sereno y altivo,
la mañana violeta y púrpura de leves brisas,
la tierna luz infinita, nacida dulcemente,
el milagro que se expande y lo baña todo, la plenitud del mediodía,
el cercano ocaso delicioso, la bienvenida noche y las estrellas,
brillando todas sobre mis ciudades, envolviendo a los hombres y al país.

XIII

C anta todavía, canta siempre, pájaro gris pardusco,
   canta desde los pantanos y escondrijos, vierte tu canto desde
   los matorrales,
tu canto infinito salido de la sombra, salido de los cedros y los pinos.

Canta siempre, queridísimo hermano, gorjea tu canto agudo,
tu canto humano y sonoro, con voz de supremo dolor.

¡Oh, voz líquida, generosa y tierna!
¡Oh, voz salvaje y libre para mi alma! ¡Oh, cantor maravilloso!
Te oigo sólo a ti, no obstante la estrella me retiene (pronto se habrá ido),
no obstante la lila, con su aroma poderoso, me retiene.

XIV

A hora bien, el día en que me senté y miré hacia delante,
   en el atardecer, con su luz y los campos primaverales y los
   campesinos preparando la cosechas,
en el vasto escenario inconsciente de mi país con sus lagos y bosques,
en la celestial belleza aérea (después de los vientos revueltos y las
   tormentas),
bajo la fugitiva bóveda celeste y las voces de los niños y de las mujeres,
las mareas de movimiento múltiple, y vi cómo navegaban los barcos,
y el verano se acercaba con su riqueza y los campos llenos de trabajo,
y las casas separadas e infinitas, donde la vida proseguía, cada una con sus
   comidas y minucias cotidianas,

y las calles palpitando con sus palpitaciones y las ciudades encerradas
en sí mismas, he aquí que en ese instante,
cayendo sobre ellas o en medio de todas ellas, envolviéndome con
el resto,
apareció la nube, apareció la larga estela negra,
apareció la muerte, su pensamiento y el conocimiento sagrado de
la muerte.

Y entonces, con el conocimiento de la muerte caminando a un lado,
y con el pensamiento de la muerte caminando cerca al otro,

y yo en medio, como entre camaradas y como agarrando las manos
    de camaradas,
huí hacia la noche que oculta, acoge y que no habla,
hacia las orillas del agua, por el sendero del pantano, en la penumbra,
hacia los cedros solemnes y sombríos, hacia los pinos espectrales,
    tan inmóviles.

Y el cantor, tan tímido con los demás, me acogió,
el pájaro gris pardusco que conozco nos acogió a los tres camaradas,
y cantó el canto de la muerte y un poema para aquél que amo.

De los profundos rincones apartados,
de los cedros olorosos y de los pinos espectrales e inmóviles, venía la
    canción del pájaro.

Y el hechizo de la canción me transportó,
mientras retenía como por sus manos a mis camaradas en la noche,
y la voz de mi espíritu armonizaba con el canto del pájaro.

Ven, muerte hermosa y consoladora,
ondea alrededor del mundo y llega, llega serena,
de día, de noche, a todos y a cada uno,
pronto o tarde, muerte delicada.

Loado sea el universo insondable,
para la vida y la alegría, para los objetos y el saber curioso,
y para el amor, dulce amor, pero, ¡loa!, ¡loa!, ¡loa!,
para el abrazo seguro, estrecho y frío de la muerte.

Madre sombría, siempre deslizándote cerca con pasos silenciosos,
¿nadie te ha cantado un canto de sincera bienvenida?
Entonces yo te lo canto, te glorifico por encima de todo,
te traigo una canción para que cuando hayas de venir, vengas sin vacilar.

Acércate, poderosa libertadora,
cuando lo haces, cuando te los has llevado, yo canto gozosamente
    a los muertos,
perdidos en el océano de tu amor que se los lleva,
bañados en el torrente de tu bienaventuranza, oh, muerte.

Te canto alegres serenatas,
propongo en tu honor, para saludarte, danzas, galas y festejos,
los espectáculos del paisaje abierto y del cielo alto y vasto
    te convienen,
y la vida, los campos y la noche inmensa y pensativa.

La noche silenciosa bajo tantas estrellas,
las costas del océano y la ola ronca y susurrante, cuya voz conozco,
y el alma que se vuelve hacia ti, oh muerte inmensa y bien velada,
y el cuerpo que, con agradecimiento, se pega a ti.

Por encima de las copas de los árboles te envío una canción,
por encima de las olas que suben y bajan, por encima de las miríadas
    de campos y las anchas praderas,
por encima de todas las ciudades densamente pobladas y de los caminos
    y muelles que hormiguean de gente,
te envío esta canción con alegría, con alegría a ti, oh, muerte.

XV

En armonía con mi alma,
el pájaro gris pardusco siguió cantando alto y fuerte,
con notas puras y meditadas que al extenderse llenaban la noche.

Voz sonora en los pinos y cedros umbríos,
voz clara en el frescor húmedo y el perfume del pantano,
y yo allá en la noche, con mis camaradas.

Mientras mi vista, que estaba prisionera en mis ojos, se abrió,
como a largos panoramas de visiones.
Y vi de soslayo los ejércitos,
vi como en sueños silenciosos centenares de estandartes de combate,
los vi trasportados por el humo de la batalla y perforados por los
    proyectiles,
y llevados de aquí para allá entre el humo, desgarrados
    y ensangrentados,
hasta que apenas quedaban jirones en las astas (y todo en silencio),
y las astas todas quebradas y rotas.

Vi los cadáveres de la batalla, miríadas de ellos,
y los blancos esqueletos de los jóvenes, yo los vi,
vi despojos y despojos de todos los soldados muertos en la guerra,
pero vi que no estaban como se pensaba,
estaban en un reposo absoluto, no sufrían,
los vivos quedaban para sufrir, la madre sufría,
y la esposa, y el niño y el camarada soñador sufrían,
y los ejércitos que quedaban sufrían.

XVI

Dejo atrás las visiones, dejo atrás la noche,
    dejo atrás, soltando el agarrón de manos de mis camaradas,
dejo atrás el canto del pájaro ermitaño y el canto equivalente en mi alma,
canto de victoria, canto liberador de la muerte y, sin embargo, canto
    variado y siempre cambiante,
tan bajo y doliente, aunque claro, las notas se elevan y caen, inundan
    la noche,
se hunden tristemente y desfallecen, como en seria advertencia, pero
    de nuevo estallan de alegría,
cubriendo la tierra y llenando la extensión del cielo,
como aquel poderoso salmo que oí en la noche, llegado de escondrijos
    solitarios,

lo dejo atrás, te dejo lilas con hojas en forma de corazón,
te dejo allí en el jardín en flor, que vuelve con la primavera.

Ceso de cantar para ti,
de mirarte a ti en el oeste, de enfrentarme al oeste, de comunicar contigo,
oh, camarada que resplandeces con rostro de plata en la noche.

Sin embargo, guardemos cada cosa y todo lo rescatado a la noche,
la canción, el canto prodigioso del pájaro gris pardusco,
y el canto equivalente, el eco despertado en mi alma,
con la brillante estrella cayendo de rostro dolorido,
con los que me tenían de la mano y venían conmigo a la llamada
    del pájaro,
mi camarada y yo en medio y su recuerdo, para guardarlo siempre
    por amor del muerto que tanto amé,
por el alma más dulce y sabia de todos mis días y de todo mi país,
    y todo esto por su amado recuerdo,
lila, estrella y pájaro entrelazados con el canto
    de mi alma,
allá entre los pinos olorosos y los cedros oscuros
    y sombríos.

De
Adiós, mi
fantasía

¡Adiós, mi fantasía!

¡Adiós, mi fantasía!
¡Adiós, querida compañera,
amada mía!
Me voy, no sé adónde,
ni a qué fortuna o si alguna vez te volveré a ver,
así pues, adiós, mi fantasía.

Ahora, por última vez, déjame mirar atrás un momento;
el tictac del reloj que hay en mí es cada vez más lento y débil,
salida, caída de la noche y, en seguida, el cese de los latidos de mi corazón.

Mucho hemos vivido, gozado y acariciado juntos;
¡delicioso! Ahora la separación. Adiós, mi fantasía.

Pero no permitas que me apresure,
mucho en verdad hemos vivido, hemos dormido, nos hemos acrisolado,
    nos hemos armonizado realmente en uno;
así, si morimos morimos juntos (sí, permaneceremos uno),
si vamos a alguna parte, iremos juntos al encuentro de lo que sea,
quizá nos vaya mejor, seamos más felices y aprendamos algo,
quizá eres tú quien realmente me conduce a las verdaderas canciones
    (¿quién sabe?),
quizá eres tú quien da la vuelta y descorre el cerrojo mortal; así pues, por
    última vez,
adiós, y ¡salve!, mi fantasía.

¡Oh capitán! ¡Mi capitán!

¡Oh capitán! ¡Mi capitán!

Nuestro terrible viaje ha terminado;
  El barco ha capeado todos los temporales, el premio anhelado se
  ha ganado;
el puerto está cerca, oigo las campanas y al pueblo entero exultante,
mientras siguen con su mirada la quilla firme, la nave severa y desafiante:

Pero, ¡oh corazón! ¡Corazón! ¡Corazón!
Oh las sangrientas gotas de bermellón,
allí en la cubierta donde yace mi capitán,
tendido, frío y muerto.

¡Oh capitán! ¡Mi capitán! Levántate y escucha las campanas;
Levántate, por ti la bandera ondea, por ti el clarín suena;
Por ti los ramilletes y las guirnaldas engalanadas, por ti las playas
    abarrotadas;
por ti clama el gentío y hacia ti vuelven sus miradas;

¡Aquí capitán! ¡Querido padre!
Sobre este brazo descansa tu cabeza;
acaso sea sólo un sueño que sobre la cubierta
hayas caído frío y muerto.

Mi capitán no responde, sus labios están pálidos e inmóviles;
mi padre no siente mi brazo, no tiene pulso ni determinaciones;
este barco está anclado sano y salvo, su periplo ha concluido y culminado;
del terrible viaje, el barco victorioso regresa con el objetivo ganado;

Exultad, oh playas, y doblad, ¡oh campanas!
Mas yo, con andar funesto,
recorro la cubierta dónde yace mi capitán,
tendido, frío y muerto.

Nota sobre el texto y la traducción

Whitman revisó *Hojas de hierba* sin descanso. A diferencia de la mayoría de las traducciones de este poemario publicadas, que parten de la última edición, aparecida en 1891, el año anterior a la muerte del autor, la que presentamos toma como base la edición de 1855, por entender que es la más respetuosa con el estilo y la puntuación de los poemas de Whitman, más recargados conforme los reeditaba. Asimismo, Manuel Villar ha corregido los errores de traducciones anteriores y ofrece la que tal vez sea la versión más fiel al espíritu y la letra de la *Hojas de hierba* original.

Aquí se incluyen los poemas que los especialistas consideran más importantes de la obra de Whitman, a los que se añade, además, el que tal vez sea su poema más conocido, «¡Oh capitán! ¡Mi capitán!», que escribió en homenaje a Abraham Lincoln, presidente de Estados Unidos, tras su asesinato en 1865, y que se publicó por primera vez ese mismo año en un apéndice adjunto a la última versión.